新潮文庫

管見妄語

失われた美風

藤原正彦著

新潮社版

11546

はじめに

「管見妄語」として『週刊新潮』に連載を始めて丸十年になる。読んで字のごとく、狭い了見とたわ言を書きつらねるのだから、一、二年はいいだろうがいずれ読者に飽きられるだろうし、毎週の執筆ともなると程なくしてネタも尽きるだろう。評判が芳(かんば)しくなくなれば、クビになる直前に勇退すればよい。振られる直前に振るのは、若い頃から私の得意技だったのだ、などと思っていた。

それが開けてびっくり。半年もたたないうちに担当編集者が、「読者の圧倒的支持を受け看板連載になりました」と言う。自慢が大好きな私はその晩、女房に「天下の藤原正彦だ！　文句あるか」と威張った。女房は冷笑を浮かべながら、「どの編集者も担当の作家に同じことを言っているに決まっているじゃない。あなたみたいに単純な人はすぐ本気にするから、編集者も楽でいいでしょうね」と言った。曲解の好きな女なのだ。正直一筋、真実一路の私は褒め言葉はすべてそのまま信ずる(けなし言葉は誤解か嫉妬か怨恨ととる)ことにしているから、編集者の言葉をそのまま信じた。そして期待に応えるべく一生懸命に書き続けた。一つでも駄作を書いたら作品を心待ちしている読者を落胆させてしまう。その読者はもう二度と私の書くものを読んでくれないだろう。そう思い、たった三枚半の原稿だが精魂を傾けた。何年かたった頃、ある作家が「日本文学史に残る名エッセイ」と評してくれた。早速、知る限りの人に吹聴して回った。皆が同意した。ひねくれた女房だけが「そんな言葉を信ずるなんてお目出たいわねえ。お母様は本当に慧眼ね、あなたを子供の時から〝極楽トンボ〟と呼んでいたそうだから」。

傑作を次々に書き続けるので、多くの人から「素晴らしい文才と教養ですね」などと言われたが、これだけは誤りだ。文才も教養もそこそこなのは本人の私が一番よく知っている。文体がスムーズで起承転結がしっかりしているのは、日数をかけて推敲に推敲を重ねるからに過ぎない。教養豊かに見えるのは、我が家に熟読ではなく積ん読した本が大量にあり、いつでも手にとれる状態にあるからである。「本代だけはケチるな」という父の訓戒を守ったおかげで、興味の湧く本は迷わず買い入れてきたのだ。目を通したのは恐らく蔵書のせいぜい数パーセントに過ぎないのに、引き出し方を知っているので博覧強記に見えるだけだ。

文才と教養の乏しさは、「管見妄語」の十年間に書き下ろした本が三冊しかないことに表れている。『日本人の誇り』（文春新書）、父新田次郎の絶筆を完成させ共著とした『孤愁―サウダーデ』（文春文庫）、そして最近刊の『国家と教養』（新潮新書）だけなのだ。二つの新書ではそれぞれ百冊以上の書物に目を通したし、『孤愁―サウダーデ』では数千ページの文献を読んだうえ、三度のポルトガル取材と十回の徳島取材を行なったからである。貧弱な知識や教養を補完するためこれだけの書物に向かわねばならなかった。しかも詳しく調べるうちに目がどんどん啓かれていくようで、調べること自身が楽しくなってしまう。いつまでも調べてばかりいて一向に書き出さなかったから、父が毎年一冊の長篇を完成させていたのを知っている女房に、「いつまで学者しているの」と幾度も叱られた。

本を書き終えるたびに思ったのは、「良書を読むことほど得なことはない」ということだ。著者が何年もかけて大量の書物を買い込み、読み込み、その中から最も興味深く、最も本質的と思われる部分を分り易く整理したものを、たった数百円の出費でソファに寝そべったまま吸収することができる。現代のように本の売れない時代に断言できることは、「良書の著者ほど損するものはなく良書の読者ほど得するものもない」ということである。

「管見妄語」の十年間は、辛い十年でもあった。とりわけ二〇一一年の東北大震災には日本人すべてが肝を潰し胸を潰した。井の頭公園に面した仕事場で『日本人の誇り』の前書きを書いていた私は、突然の激しい揺れに慌てて机にしがみつき、ついで飾り棚の高価な陶器が落下せぬよう屁っぴり腰で抑えていたりした。なみなみとつがれたコーヒーが、カップから溢れ出し原稿用紙に飛び散っていた。テレビでは津波警報がひっきりなしに叫ばれ、その半時間後には、津波が沿岸の町を襲い、この世のものとは思えない光景が画面一杯に繰り広げられた。我が自宅の方は大量の蔵書が本棚から落ち、大谷石の塀が十数メートルにわたり崩れた。日本中が喪に服したようになり、桜のシーズンになっても、井の頭公園に花見の客はいなかった。四月初めに原稿と資料を携え関西の白浜温泉を訪れたが、やはり閑古鳥が鳴いていた。テレビで毎日繰り返し流される津波や原発の惨状を見て、日本中が泣いていたから、遊びに出る人などいなかったのだ。私自身、その後長らく「東北」が頭に付着したまま離れず、「管見妄語」を書き続けるのが苦痛だった。五、六回もそれに関する作品を書くこととなった。

また経済において、この十年は、小泉竹中政権の進めた新自由主義（グローバリズム）の弊害が、ボディーブローとして効いてきた十年でもあった。この亡国政策からの軌道修正を期待した民主党内閣は、長年にわたり与党の批判しかしてこなかったからだろう、全くの無能で期待外れだった。後を継いだ安倍内閣は、外交と国防では見るべきものがあったが、経済政策は盲目的にグローバリズムを進めるだけだった。このため労働者の賃金は上がらず、従ってデフレ不況からも脱出できなかった。非正規雇用が五百万を超えるなど弱者は追いこまれた。この不安定な状況下で若者は結婚出産育児に踏み切れず、少子化が進む一方となった。当然ながら企業の国内投資意欲も減退した。働き場所のなくなった地方は瞬く間に衰退した。

アメリカがばらまいてきたグローバリズムとは規制のない自由経済である。ヒト・カネ・モノが自由に国境を越える。規制とは基本的に弱者を守るためのものであるから、これがなくなると共に、中間層が薄くなり、一握りの強者と大多数の弱者に二分された。これら大多数の不満をかわすため、グローバリズムの利得者、すなわち各国の支配層は、ＰＣ（ポリティカリー・コレクト）という「アメ」を導入した。「弱者優遇こそ正義」という教義である。狡猾な目くらましに過ぎないのだが、一見当然中の当然に見えるから一気に世界中に広まった。このＰＣが思わぬ弊害を産んだ。弱者とは誰かが明確に定義できないうえ、どの程度優遇するかも明確でないからである。私が大学にいた頃、ある女性教授が「教官数を男女同数にすべき」と発言した。ＰＣを意識して誰もが口をつぐんだ。私は蛮勇をふるって「日本の理工系博士課程在籍者は男性が圧倒的だから教官数の不均衡は仕方ない。このままの状態で教官を男女同数にすれば研究レベルが著しく低下する」と言った。恐らく多くの同僚の怨みをかったであろう。

ここ二十年ほどのＥＵへの移民急増についても、各国の治安や国柄を保つための許容量をとっくに超えていたのに、ＰＣのため誰も反対を唱えられなかった。「差別主義者」の烙印を押されるからだ。毎年ヨーロッパを訪れているが、もう取り返しのつかないほど荒れてしまった。最近になってようやく規制を加え始めたがもう遅い。何と日本までもがヨーロッパの大失敗に学ばず、労働者不足ということで同じ轍を踏もうとしている。ここ数年、グローバリズムやＰＣの危険に世界がやっと気づき、各国でナショナリズムが活発となり、英国はEU離脱を決定し、PCの欺瞞に我慢ならなくなったアメリカ人は、無教養ながらPCを爆破する勢いのトランプを大統領に選んだ。これからの十年はこの動きが加速するだろう。「管見妄語」から解放された私は、世界の動きについて毎週独創的見解を述べるという重い仕事から解放され、自由に動き回れる。豊満、妖艶、清楚、エロかわな女性達に身も心も癒されつつ、堂々たる長篇に取り組む積もりである。

二〇一九年弥生

著者

管見妄語　失われた美風◆目次

第二章　流暢な英語より教養　63

第三章　統計とは「インチキの玉手箱」　105

第四章　孤高の日本を忘れた現代日本　143

第五章　我々の生のような花火　185

第六章　世の動きに対するたまらない想い　223

管見妄語

失われた美風

第一章　祖国とは国語

我が青春のプレイボーイ

一九五三年に美女のヌードグラビアを売りに月刊誌『プレイボーイ』を創刊したヒュー・ヘフナーが、老衰で死去した。九十一歳だった。何と三十一歳の奥さんを残した。創刊号の表紙とヌードグラビアは当時のセックスシンボル、マリリン・モンローだったが、その後も「今月のプレイメイト」として選りすぐりの美女を載せた。

プレイボーイマンションと呼ばれる、敷地六千坪、建物六百坪の目もくらむような大豪邸に、夫人と子供、そして何人もの美女達と暮らすという文字通りのプレイボーイだった。二つもあるプールではしばしばパーティーを開き、ビキニのプレイメイト達に囲まれた自分の写真を雑誌に載せた。

『プレイボーイ』の魅力はヌードグラビアだけではない。インタビューだった。一流のインタビュアーが時の人に率直な質問を浴びせ、人物像をあぶり出すことで人気だった。ゲストは哲学者のバートランド・ラッセル、宇宙物理のスティーブン・ホーキング、ビートルズ、キング牧師……と多彩だった。私もアメリカにいた七〇年代、ヌードとインタビューだけのためにこの雑誌を定期購読していた。

八〇年代の初めだったか、東京税関から配達証明付きの封筒が送られてきた。私が愛読していたのを知っていた院生のジョハナから送られてきた『プレイボーイ』が、「風俗を害すべき物品」と認定され、任意放棄書に署名捺印（なついん）の上、返送することを求められたのだった。不服の場合は税関長に対し異議を申し立てよ、という但（ただ）し書きもついていた。ヘアヌードが我が国で解禁されたのは一九九一年だった。

税関に電話すると、どうしても手に入れたい場合は税関出張所で問題個所を修正せよと言う。今だに私を思っていてくれるジョハナの好意を無にしたくないから出頭した。白い開襟（かいきん）シャツに眼鏡の係官が、「これから私の言うページを消して下さい」と冷やかに言って黒のマジックを差し出した。

言われたページを開いたが、どこをどう消すのか分からない。躊躇（ちゅうちょ）していると「ヘアーです。ヘアーを塗りつぶして下さい」と言った。美しいヌードの一部をマジックで汚すのがいかにも残念で、塗りたくる代りに何本かの平行線ですまそうとしたら、「もっとていねいに。まだ少し見えています」と身をかがめ覗きこみながら言った。

数日後に本は送られてきた。無性にマジックを消去したくなった。黒く消された部分が妙に挑戦的なのだ。脱脂綿にベンジンをにじませてこすったら、マジックは確かに消えたが下の印刷インクまでが消えてしまった。新婚の妻に「マニキュア落しを貸してくれ」と言ったら、「何で」と聞く。理由を言うと、「つまらないことに夢中になるのね」と呆れながらも貸してくれた。あの頃は女房もまだ素直だったのだ。同じ結果だった。

最終手段として水を含ませたティッシュペーパーでこするとマジックが少しずつとれてきたような気がした。なおも続けると、突然、紙の繊維がほつれ落ちた。ぽっかり空いた逆三角形の穴から次の次のページがのぞいていた。

八〇年に父が亡くなった。母は淋しさを紛らわすように、ほぼ毎年海外旅行をするようになった。出発前に母は必ず、「何か欲しいお土産がありますか」と私に聞いた。いつも「プレイボーイをお願い」と答えた。毎年私に貴重な一冊がもたらされた。ただし期待したほどではなかった。母の好きだったスペイン、イタリア、ポルトガルなどカトリック国のものは、露出過少だったのである。『プレイボーイ』はここ二十年ほど手にとっていない。世に裸が氾濫し、私でさえ食傷気味となったからである。ヘフナー氏死去の報を受け、女房に「毎日家族と大勢の美女に囲まれて暮らすと九十一歳まで元気でいられるんだ」と羨望と野望を口にしたら、「六千坪の敷地に六百坪の大豪邸を作って同じような暮らしをさせてくれたら何十人の美女をおいてもいいわよ」と励ましてくれた。そして「ただし大豪邸を作る前に、一緒に暮らしてくれる美女がたったの一人でもいるか、確認も忘れないでね」と付け加えた。

（二〇一七年一〇月一二日号）

カタルーニャの涙

スペイン北東部のカタルーニャ州で先頃、独立を問う住民投票が行なわれ独立派が圧勝した。投票自体を違憲とするスペイン政府が、投票を中止させようと警官隊を派遣したから、九百人余りの負傷者を出した。州都バルセロナではこれに対抗しゼネストに近い抗議行動が行なわれた。

州政府はまもなく独立宣言をするというが、独立には困難がいくつも横たわっている。スペイン政府が許しそうにないうえ、たとえ許されても、カタルーニャにとって不可欠なEU加盟も難しいからだ。バスク地方への飛び火を警戒するスペインやフランドル地方を抱えるベルギーなどはカタルーニャのEU加盟に強く反対するだろう。カタルーニャ独立が欧州各地のナショナリズムを刺激しEU瓦解(がかい)の引金となりかねないから当然、独仏も反対するはずだ。

独立したい理由の一つは同州がスペインのGDPの二十%を産み出す最も富裕な州ということである。人口も州内総生産もデンマークほどだから独立してもやって行ける自信がある。二つ目は文化の違いだ。カタルーニャ君主国は千年ほど前にこの地に登場した。一七一四年にスペインに占領されたが二十世紀に入り独立の気運が高まったため、スペイン政府からしばしば厳しい弾圧を受けた。

とりわけ一九三九年から三十余年も続いたフランコ将軍独裁下では、すべての出版物や公的な場でのカタルーニャ語使用が禁止された。国語を禁止するというのは祖国を抹殺することだからカタルーニャの人々が怒り狂うのも当然である。「祖国とは国語」なのだ。

私はこんな歴史を何も知らずに五年前、カタルーニャを訪れた。女房が行きたいと言い出したのだ。「ダリやミロやガウディを産んだ所よ」「嫌いな奴ばかりだ」「作曲家のアルベニスやチェロのカザルスの出た所」「そうか」「メッシやイニエスタのいるバルサの試合を見られるわよ」「サッカー場は治安が悪いんじゃないか」「近くにヌーディスト・ビーチもあるそうよ」「よし行こう」となったのである。

バルセロナに到着して三日目、愛想のよいホテルマンが私達に「今日は市庁舎前で伝統の人間タワーが見られますよ」と教えてくれた。当地最大のメルセ祭りがちょうど始まったと言う。そんな時期に訪れたことも知らなかったのだ。強運としか言いようがない。

市庁舎前広場は黒山の人だかりだった。人間タワーは小中学校の運動会で行なわれるピラミッドに似ている。ピラミッドは四つん這いで四段ほど、人間タワーは全員が立って九段ほどである。高さ十メートルにもなるので、下で救急車が待機している。

九段ともなると下段がよほど強固でないと崩れる。一段目は四十人ほど、二段目が二十人ほどだ。三、四段目が一番苦しいらしく、体重九十キロはありそうな屈強な男が数人ずつで、左右の衿先を前歯で噛み、奥歯を噛みしめている。五段以上は軽量の女性だけだ。六段目を作る頃から動作が敏速になる。群衆が緊張と感嘆でざわめき始める。七段目に二人が立つ頃、顔を真赤にして頑張っていた男達の身体が左右に大きく震え始めた。限界に達したのだ。と同時に八段目、そして九段目を受け持つヘルメット姿の小学校一年生くらいの少女が、いくつもの背中を猿のようにスルスルとよじ登る。

トップの九段目に立った少女は市庁舎の二階バルコニーに立つ市長に右手をさっと挙げるや一目散に滑り下りる。八段目、七段目も下段の人々の苦悶(くもん)を思い一目散だ。すべてが下りると歓喜の渦だ。涙を流す者さえいる。長い間抑圧されてきたカタルーニャの誇りを示し団結を確認した喜びの涙だ。

人間タワーを見た帰り、近くの広場では、州旗を地面に広げ、手を繋(つな)ぎ輪になってサルダナという民族舞踊を踊る人達がいた。フランコ時代には禁止されていたものだ。周りの市民がてんでに飛び入り、八十代と思われる人々までが輪の中で踊る。懐(なつ)かしむような、満ち足りた目が輝いていた。

（二〇一七年一〇月一九日号）

ユーゼスの秘密

一九三九年九月一日、ポーランドに侵攻したナチスドイツ軍は、ポーランドの誇る騎兵部隊を蹴散らし、またたく間に西部を占領した。一七日には独露密約により東からソ連軍が、不可侵条約を破ってポーランドに侵攻し東部を占領した。

十八世紀後半に独露オーストリアの三国に分割され地図から百二十三年間も消えていたポーランドは、第一次大戦後にやっと独立できたのに、たった二十年ほどで再び独露に分割され地図から消えたのだった。首都ワルシャワが陥落する直前、ポーランドの誇る暗号解読班はフランスに避難した。彼等数学者は、ドイツが「解読絶対不可能」と豪語するエニグマ暗号をこっそり解読していたから、それを知る同盟国フランスが保護し利用することになったのだ。彼等はフランス暗号局とパリ郊外で、パリが占領されてからは南仏のユーゼスという小さな中世の町で活動していた。

ここを取材に訪れたことがある。ユーゼス郊外の大きな農家の二階に隠れ、占領ドイツ軍の電波を傍受解読していたのである。

農家を取材して町に戻ると、街角の小さなワイン屋が目に入った。ウインドーを飾る白ワインに目を引かれたのだ。密封されたワインボトルの中に直径五センチほどの青リンゴが入っていた。洋梨の入っているボトルもある。取材について来た家族とどうやって入れたか店先で議論になった。「底の開いたボトルにリンゴを入れ、底をつけてからワインを入れた」「上部が太いビンにリンゴを入れ、上部を熱しガラス細工で細くした」などの案がでたが謎が解けない。店の人に聞くことになった。

下手なフランス語を話さなくては、と覚悟していたら、こざっぱりとした三十代の青年店主は英語が堪能だった。「あれはリンゴの花を受粉させた後、ワインボトルをかぶせるのです。よく紙袋をかぶせるでしょう。それと同じです。ビンの中で大きく育つという訳です」と言って笑った。我々も「なあんだ」と笑った。

今度は青年の方から聞いてきた。「ところでどちらから」「東京です」「いやあ、こんな田舎町に日本人とは珍しい。またどうして」「ここから五キロほど離れた所の農家でドイツ占領中に、フランス暗号局がポーランド人の助けを借りてドイツの通信をこっそり傍受解読していたんですよ。彼等のおかげでヨーロッパはヒトラーによる征服を免れることができた」「えっ、ここユーゼスで？　ここで生まれ育った僕も耳にしたことがない」。青年は目を真ん丸にした。「暗号関係のことは何もかも機密だし、特にナチス占領下では、フランス人がフランス人を売る、という形の密告が多かったんですよ。私はユーゼスでの暗号解読の取材にはるばる日本から来たのです」。

故郷ユーゼスの歴史的重要性を知って嬉しくなったのか、青年は私たちを地下のワインセラーに案内してくれた。整然と棚に収まっているワインの一本を取ると青年は、「このシャブリは美味しいからどうぞ。ユーゼスの秘密を教えてくれたお礼です」と言って栓を開け、我々五人のグラスになみなみとついでくれた。抜群の美味だった。

レンタカーを運転する私と下戸の女房は味見程度だったが、三人の息子がビンを空けてしまった。女房が言った。「このまま帰るのは悪いわ、何か買ってあげないと」「リンゴ入りワインはどうだ」「ワインは運ぶのに重いわ。実はさっき、上で品のよいワインオープナーのセットを見つけたの」。階上に戻りそれを購入した。青年は棚の上の方からワインを抜き取ると、「このロゼは奥様へのプレゼントです」と言ってニッコリした。五十になってももてるとうれしいらしく、女房は娘のような声を上げた。

ユーゼスを離れ、ドーデの『タルタラン』や『風車小屋だより』に登場するアル近郊を訪れたが、子供の頃にそれらを繰り返し読んでいて、一番楽しみにしていた三男は、酔いつぶれて車で熟睡していた。

帰国後二、三年ほどたった頃、女房が突然「ユーゼスの素敵な青年の、私への愛のプレゼントを夕食で飲みましょうよ」と言い出し、あのロゼを探し始めた。「まずい」と思った。少し前に飲んでしまったのだ。

うつむいていると「あなたがこっそり飲んだのね、私の許可もなく。嫉妬からこっそり飲んだのね」と大憤慨する。マザコン息子たちも「嫉妬、嫉妬」と合唱する。女房はあの件を思い出すたびに今も怒りと軽蔑を新たにする。私にとっては単なる一本のロゼだったのだ。

（二〇一七年一〇月二六日号）

可笑(おか)しくも佳(よ)き伝統

父は明治四五年の六月生まれである。明治天皇は翌七月末に崩御されたから、父の明治時代はたった一カ月余りのはずだ。なのにしばしば「明治生まれ」を誇り高く口にした。

大正生まれの作家が父との旅行先やバーや会合などで、何か父の意に沿わないことをしたり言ったりすると、家に戻ってから必ず「あいつは大正生まれだからなあ」と嘆いた。軽っ調子の連中、という意味で使っていたようだ。

古くからあった漢文素読は大正初期まで盛んだった。私の父は大正六年、五歳の時に祖父から素読を習い始めた。大正後期になると、大正自由主義教育の影響で素読は急速に衰退したから、大正生まれの多くはそれを経験していない。日本人としての土台を忘れ舶来思想になびいている連中というのが父の感覚なのだろう。

明治生まれを崇(あが)め大正生まれを見下していた父だが、支那(シナ)事変で始まり大敗北で終わる大東亜戦争を主導した政治家や軍人のほとんどは明治生まれで、戦った兵隊のほとんど、そして戦死者二百五十万人のうちの八割にあたる二百万人が大正生まれだったことはすっかり忘れているのだろう。

実は、大正生まれだって昭和生まれを見下した。私と同じ大学にいた人格者の心理学教授は、昭和元年生まれであったがゆえに、「大正生まれの人々からさんざん〝昭和生まれ〟と馬鹿(ばか)にされた」と苦笑していた。昭和一桁(けた)の人々だって戦争末期生まれの私などを、「戦争の苦労を知らないから考えが甘い」とよく評した。

私が処女作『若き数学者のアメリカ』で日本エッセイスト・クラブ賞をいただいた時も、大正生まれで一兵卒として中国で戦った選考委員はこう言った。「フロリダの海辺で金髪娘と楽しんでいる場面などを読むと、我々が苦労に苦労を重ねて得た果実を、この世代が満喫しているのだ、と嫉妬を感ずる」

私は私で、昭和二十年代前半生まれの左翼的な人々を見ると、「団塊の世代だからなあ」と揶揄(やゆ)する。日教組全盛期に育った人々ということである。それに、学会などで昭和二十五年以降に生まれた者と昼食に街へ出る時など、終戦前に生まれた我々は「食べられれば何でもよい」のに、彼等は美味しいものを食べに何と二キロ先まで行こうなどと言う。母の作った料理の味について何か言うや、「食べられるだけでありがたいと思いなさい」と叱られた私から見ると、美味しいものにこだわるような者は不届きなのだ。

団塊より数年後の世代、すなわち昭和三〇年以降に生まれた人々（含愚妻愚息）はもはや可哀そうな人々だ。柿、小柿、いちじく、杏、スモモ、栗、桑の実、野苺、イチイの実、アケビなど野にある実をもいで食べる喜びも、他人の柿やスモモの木からこっそりいくつかを失敬するスリルも知らない連中だからだ。ひもじさを知らず、野になる実の代りにケーキやチョコレートで甘やかされた気の毒な世代なのだ。昭和末期生まれの三人息子は、私にはどこからどう見ても最低に見えるが、彼等は彼等で、すぐ後の平成生まれ（現在三十歳以下）を「ゆとり世代」と言って笑う。ゆとり教育によりろくな勉強もしていない低学力の人々、と言いたいのだろう。

ただし息子達は「ゆとり世代は学力は低くともスポーツ、碁、将棋などで、これまでのどの世代より優れている。勉強の負担が少なく自分の道に打込めたから、野球の大谷翔平、サッカーでは香川真司や久保建英、フィギュアスケートでは浅田真央や羽生結弦（はにゅうゆづる）、囲碁の井山裕太や将棋の藤井聡太（そうた）など逸材揃（ぞろ）いだ」とも言う。私などより公平な見方ができるようだ。

ゆとり世代もそのうちに、次の世代を見下すだろう。三十年余り勤めたお茶の水女子大でも、前身の女子高等師範を出た者は概してお茶の水女子大を格下と見なしていたし、どの年の四年生も一年生のことを「私達とは違う人種」と首を振り振り呆れ顔で言っていた。恐らく、奈良時代末期生まれの人々は平安生まれを「いみじうかろがろし」（とても軽薄）などと言っていたのだろう。上の世代にいびられからかわれ、何糞（なにくそ）と発奮し、さらに世の中を発展させる。日本の可笑しくも佳き伝統だ。

（二〇一七年一一月二日号）

ゴッホを追いかけて

東京都美術館のゴッホ展を見に行った。生まれて初めて絵の展覧会へ行ったのはゴッホ展だった。中学生の頃、芸大出身の絵の先生が、我々を確か京橋のブリヂストン美術館へ連れて行ってくれたのである。私はこの展覧会が楽しみだった。画が好きだったからではない。図画工作の成績は小学校中学校を通じ五段階の二だった。中学入試での絵の実技は二十点満点の四点だった。その頃までに見たことのある絵は、私たち三兄妹の寝ていた八畳和室の壁にかかっていた、父の好きなセガンティーニの複製画だけと言ってよかった。こんな私がゴッホ展を楽しみにしていたのは、小学校の時にゴッホの伝記を読んでいたからである。学校図書室の伝記本を片端から読んでいた中の一冊だった。生前に売れた絵は一枚だけというゴッホの非遇の生涯と、彼を物心両面で支えた弟テオとの兄弟愛を描いたものだった。

初めて行った展覧会で見た実物の絵には度胆(どぎも)を抜かれた。手前に飛び出すほどの厚塗り、赤と緑、黄と紫などの補色の激しさ、力強いうねり、などに圧倒された。以来、ゴッホは、最も好きな画家でないにせよ、最も気になる画家となった。

ゴッホは三十三歳の時にパリで日本の浮世絵を見て、浮世絵画家たちの独創的な構図、鮮やかな色づかい、自然を愛(め)でる心などに驚愕(きょうがく)し心酔した。

翌々年、彼はフランス南部のアルルに日本のような陽光があると信じ移住した。友人のゴーギャンに、「パリからアルルに向かう道中に受けた胸のたかぶりは、今でもよく覚えている。〝もう日本に着いたか〟と待ちきれない気持だった」と書いている。

実際、到着するや友人の画家ベルナールに「ここは日本のように美しい所で、水は景色に豊かな青を添え、エメラルド色の波紋はまるで日本の版画を見るようだ」との手紙を送った。ゴッホはこの地で生涯最も幸せな一年を過ごした。

私は十年ほど前に家族とアルルを訪ねた。「アルルの跳ね橋」の場所を確かめたり、「夜のカフェテラス」に描かれたカフェを探し出して喜んだりした。彼とゴーギャンの暮らした「黄色い家」は前大戦の爆撃で焼失していた。ゴーギャンとの生活はたった二カ月で破綻し、ゴッホは自らの耳を切り落とした。彼はサンレミの療養院に入り精神発作の治療や絵の制作をしながら一年を過ごした。私はここも訪れ、中庭や糸杉など、描かれた絵の景色を確かめた。ここを出てパリ郊外に戻ったゴッホは二カ月後に自殺した。

ゴッホ追っかけの私は今年、アムステルダムのファン・ゴッホ美術館を訪れた。この日はフェルメールで有名なデルフトをレンタカーで朝出発し、アムステルダムに着いたのは午後三時前だった。

ゆっくりコーヒーでもと思っていたら美術館狂いの女房が「ゴッホ美術館に行くわよ。五時閉館だから急がないと」と言った。ゴッホなら仕方ない、タクシーで行こうと思っていたら「あなた運転ばかりで運動不足だから歩くわよ。二キロ余りだから急げば三時半には着くわ」となった。テオの所有していた油絵、素描、手紙などが展示されていた。「キャンバスの前の自画像」を見たのは中学校以来だった。

先日行った都美術館の「ゴッホ展―巡りゆく日本の夢」は、浮世絵がゴッホにどのような影響を与えたか、そして日本人がいかにゴッホを愛してきたかに焦点を当てた企画だった。母国オランダに次いでゴッホを愛するのは日本人と言われる。

ゴッホ美術館で見た「寝室」に再会した。これはゴーギャンがアルルに来る直前に描かれたものだ。自殺に至る悲劇の二年間はこの絵に始まったのだ。
ふとサンレミの精神科の療養院で見た彼の部屋の鉄格子(てつごうし)入り窓や、首だけ出るように穴の開いた木蓋(きぶた)つきの風呂(ふろ)を思い出した。管理人に尋ねると、発作時には治療として氷水を張ったこの風呂に強制的に入れられたという。胸に迫って窓の外に目をやると、ゴッホの愛したオリーブの木々が晩夏の陽に揺れていた。

(二〇一七年一一月九日号)

見えなくなれば忘れられる

　昔のアルバムを見るのが好きだ。異常に可愛(かわい)かった私の幼い頃の写真を見ると、私の美貌(びぼう)のピークが零歳から十歳までであったことに気付いたりする。あの頃はクラス中の女子が私に夢中だったのだ。

　高校生や大学生の頃の神経質そうな写真を見ると、地球上のすべての女性から無視されていた理由がよく分かる。愚妻や愚息は、その頃の写真を見て「気持悪い」とさえ言う。現在の、女性が群がってくる状況から余りにかけ離れていて、我ながら当惑するほどだ。

　結婚式のアルバムを開くと、私の赤い頬が目につく。愚息たちが「上気していたの」と聞く。愚妻が「違うのよ。フィールズ賞受賞者の小平邦彦(くにひこ)先生が仲人(なこうど)だったから、お父さんたら緊張で失神しないように、気付け薬として三三九度のお酒を飲み干しちゃったのよ。お酒に弱いから真っ赤っか。要するに小心者ということ」と解説する。

　ケンブリッジ時代のアルバムを開くと、芝生の上で遊んでいる子供たちが夢見るほど可愛かったことを思い出し、現状との落差に啞然とする。アルバムを横から覗き込む愚息たちも、口には出さないものの、たっぷり愛情をかけられ育てられたと思っているだろう。

　それがどうしたことか、ここ十数年にとった写真は見ることが少ない。主因はデジタル化のせいである。スマホについたデジタルカメラだとフィルム代がかからないから、とられた写真の数は恐らくかつての十倍にもなっている。先日もベルギーとオランダを一週間旅しただけで百数十枚はとった。それら写真はそのままパソコンにしまってある。友達に写真を送るのも、パソコンからパソコンでできるから、プリントすることはめったになくなった。アルバムを一切作らなくなってしまったのだ。

　アルバムが本棚にあれば、背表紙にあるタイトルや西暦を見て、ふと懐かしくなり手を伸ばして開いて見たりするが、パソコンにしまってある大量の写真からお目当てのものを探すには、幾つものプロセスが必要である。ひょいと手を伸ばすということにならない。ハーグのマウリッツハイス美術館でとった、フェルメールの「真珠の耳飾りの少女」と私とのツーショットを探そうとしたら、三十分もかかりそうだ。

目の前にあるのと機械の中にあるのとの違いだが、これが大きい。機械の中の写真は、アルバムの中のものに比べ、はるかに遠い存在となる。

同様のことは活字本と電子本についても言えるだろう。すでに読んだ活字本が本棚に並んでいれば、ふと目にした時に懐かしくて手にとって見たりする。再度目を通す必要に迫られた時は、本の形や表紙の色や出版社などを大体覚えているからすぐに見つけられる。

本を開けば昔引いた傍線や書き込みが大いに役立つ。私の場合、太字で「重要！」と書き込んであったり、「フザケルナ」と怒りの走り書きがあったりして、若い頃の気合や理解不足、教養不足などを愛おしく思ったりする。古い詩集のセピア色に変色したページをめくれば、永く疼くことになった恋人との別れなどが思い出され、アメリカにいる時にパティーの勧めで読んだ小説を手にすれば、パティーのはにかむような笑顔が浮かぶ。

電子本では、廊下を歩いたり和室でぼんやり寝転っている時に、目に触れることはない。机に向かっていくつかのプロセスを経た後、読了した電子本の一覧表が出てくるようにしてあっても、電子本には形や色がないから、お目当ての本を探すのが一苦労だ。探し出しページを開いても感情のこもった傍線や書き込みがなく、どこが重要でどこがくだらないのかよく分からない。懐かしさも湧(わ)いてこない。機械の中の本は、本棚の本に比べはるかに遠い存在なのである。

英語にOut of sight, out of mindという諺(ことわざ)がある。「去る者は日々に疎(うと)し」と意訳されているが、直訳すれば「見えなくなれば忘れられる」ということだ。機械の中の写真、機械の中の本は内容とともに忘れられてしまう。

（二〇一七年一一月一六日号）

クンクン人生

私は嗅覚(きゅうかく)にすぐれている。子供の頃から家でガス洩(も)れの臭(にお)い、煙の臭い、オナラの臭いなどに最初に気づくのはいつも私で、我が家のガス洩れ検知器として頼りにされていた。今でも風が弱ければ五十メートル先を歩く人のタバコの臭いを感知できる。高い石塀の向うにバラのあることを香りで言い当てたりもする。

鋭い嗅覚のためか、幼い頃から何かを食べる前には、必ず鼻を近づけクンクンと臭いを嗅(か)ぐ癖があった。視覚と嗅覚の両方で食物を認識していたのだ。中学生の頃、田舎で食事中に御飯にクンクン、豆腐にクンクン、沢庵(たくあん)にクンクンとやっていたら、叔母に「腐ったもんなん食わせねえわい」と叱(しか)られた。それ以降は人前では少し抑制するようになった。

実は、食物だけでなくありとあらゆる物に鼻を近づけた。だから新聞、新しい本、古本、包丁、まな板、インク、墨汁、消しゴム、鉛筆、筆箱、軟式野球ボール、軟式庭球ボール、ソフトボール、バスケットボール、サッカーボール……などの臭いは峻別(しゅんべつ)され、頭に刻まれている。目を閉じても鼻でこれらを識別できる。

少年野球のチームでは守備につきながらグローブの臭いにうっとりしていたし、誕生日にだけ買ってくれたバナナは、甘い香りを三度嗅いでは一口食べる、という風に大事に食べ、食べ終った後の皮も、翌日まで枕元(まくらもと)に置いて何度も鼻を近づけては幸せを感じていた。小学校での国語の時間に、教科書を朗読するよう指名された私が、「太郎君は、クンクン、花子さんと学校へ、クンクン……」と三秒毎(ごと)くらいに教科書に鼻をつけていたら、陸軍上がりの先生に「何してるんだバカヤロー」と怒鳴られた。

最近の脳科学によると、人間の嗅覚は五感のうちでも特殊なもので、これだけが長期記憶を受け持つ海馬へ直接に情報を送るという。視覚、聴覚、味覚、触覚は大脳新皮質を介して海馬に情報を送る。そのせいか、嗅覚記憶は視覚記憶などより忘れられにくいという研究データもあるらしい。

私が子供の頃から臭いばかり嗅いでいたのは、恐らく六十年後の脳科学の知見を、すでに当然のこととみなし、物を二面から認識することで記憶を確実にしていたのだろう。

このおかげで、今も地下鉄丸ノ内線のホームに立つと懐かしさで胸が一杯になる。他の地下鉄とは全く違う臭いで、初めて乗った小学六年生の時と何の変わりもないからだ。

カモミールティーの香りを嗅げば、ケンブリッジでの辛い思い出だ。小学校で次男がいじめにあい、一二月の寒い朝に女房と校長室に乗り込み談判したが、その後家に帰り、寒さと緊張で冷え切った手をコップで暖めながら飲んだ時を思い出す。パンケーキとメイプルシロップの香りは、金髪の美少女Pとの思い出、潮の香りは苦しい恋の思い出だ。

昭和二十年代前半、木炭バスしか走っていなかった信州の田舎から、東京に出てうれしかったのは、香しい排気ガスの臭いを嗅げることだった。バスが停留所に止まると、その後ろに飛び出し黒い排気ガスの臭いを満喫したものだ。お腹が減っていると臭いまでが美味しかった。

タバコの煙も好きだった。作家となる前の父は気象台の若い連中を官舎の我が家によんでよく麻雀（マージャン）をした。学校に上がる頃の私は、もうもうたるタバコの煙を心地よく感じながら横で見ていた。吉祥寺に移ってからも、父の書斎である六畳和室にはタバコの煙が充満していた。その中であぐらをかいた父が、恐（こわ）い顔をして原稿に向かっていた。美味しい煙をぐっと腹に入れてから「お父さん」と呼びかけると、父は眼鏡の上から「何だ」と言った。タバコの煙は父の懐かしい臭いである。

私の人生は素晴らしい香りで彩（いろど）られている。犬の嗅覚は人間の百万倍鋭いと言われるが私は犬と人間の中間くらいなのだろう。女房にそう自慢したら珍しくすぐ同意し、さもうれしそうに笑った。何と言われようと、類（たぐ）い稀（まれ）な嗅覚は、私の人生を思い出で満たし豊かにしている。これからもクンクン人生だ。

（二〇一七年一一月二三日号）

文字は人なり

幼い頃から字が乱雑だった。親や先生に「もっと丁寧に書きなさい」と何度となく注意されたが、一向に上達しなかった。小学校中学校と習字は最低点だった。「文字は人なり」とよく両親に言われたが、その頃は人柄などどうでもよいと思っていたし、生来誇大妄想だった私は、下手であろうと何であろうと、自分の偉大さが字に表われているならかえってありがたい、くらいに思っていた。私にとって自分の書く字は自分にさえ読めればいいものだったし、そもそも丁寧に書いていては脳の働きにとても追いつかなかった。

字を書く機会が圧倒的に少ないことも改善されなかった原因だ。小学校では、先生の言うことの八割はすでに知っていることだったし、残りの二割はそのまま暗記してしまったから、ランドセルには教科書と雑記用のノート一冊しか入っていなかった。五十代になるまで手帳を持たなかったほどの記憶力で、結婚したての頃の女房は、人と会う約束や会議の日時を一切書き留めない私を見て「こんな人見たことがない」と呆れていた。

自分の書いた字が読めないこともよくあった私だが、大学の数学科に進んだら驚いた。クラス十八人のうち、大半は私程度に惨め、何人かはもっと惨めだったのだ。二十代の頃、英語で論文を書いていたら、父が「お前は日本語より英語の方が見栄えよい」と言った。手書き論文は自分のためでなくタイピストに打ってもらうためだから気をつけて書いていたのだ。

字の下手なのは三十代の三人息子が見事に継いだ。三人とも爆笑ものの字を書く。パソコンやスマホを始終使い、手紙や書類を手書きすることもないせいだろう。「そんな字を書いていると笑われるぞ」と脅すと「ゆとり世代はもっとひどい」と言う。大学で教える長男は「板書をノートに写さずスマホで写真にとり、必要に応じプリントアウトする者も多いよ。でも悪いとは言えない。数学や物理などは板書を写すのに精いっぱいで理解できないことが多いからね」と言う。確かに私も学生の頃、何も理解せず板書だけ写していたことがよくあった。しかし、スマホ撮影ばかりでは字が書けなくなる。これでは日本も終わりだ、と思っていたらイギリスの最高峰ケンブリッジ大学で、試験の答案をノートパソコンで作成してよいことにするという。学生達の手書きがひどすぎて採点者が読めなくなったからららしい。イギリスも終わりだ。

私の場合、処女作の『若き数学者のアメリカ』を三十代前半で出した頃から、字が少しずつ判読可能になった。編集者に読んでもらうため、その前に父母や女房に読んでもらうため、やや丁寧に書くようになったのだ。

四十代になると更に磨きがかかった。著書へのサインや色紙をしばしば毛筆で頼まれるようになったからである。「子」でハネをきちんと書かない人は責任感の弱い人、「大」で上に長く出る人は自己顕示欲の強い人、などと言われると、私の性格が見すかされるようで気をつけざるを得ないのだ。

この頃になってやっと「文字は人なり」ということの意味が理解できるようになった。父は気象技術者らしく律儀（りちぎ）な字を書いた。無骨な山男と言われていたが、女性的な字でもあった。細やかな情緒の人でもあったのだ。一方の母は、三人の幼児を連れ乞食（こじき）生活をしながら満州から引き揚げただけあって、迫力のある男性的な字を書いた。

明治人の揮毫（きごう）などを見ると、その堂々たる風格に劣等感を覚えるようにもなった。五十代になってからは、明治人の足元にも及ばぬが、せめて軽佻浮薄（けいちょうふはく）がばれぬよう、字を書く時は細心の注意を払っている。

六十歳の頃、奈良の寺で女房と並んで正坐（せいざ）し、写経をしたことがある。少し前まででなら見向きもしなかったことだ。はるかに字の上手だった女房に「私より上手（うま）い」と驚かれた。毛筆を持つ機会が増えたことで漢字に対するバランス感覚が身に付き、いつの間にか上達していたのだ。百歳の頃にはおそらく風格も出て来るに違いない。


（二〇一七年一一月三〇日号）

完璧を期す

中学生の頃、SF小説に凝った。その頃、まずSF同人誌『宇宙塵』、そして早川書房の『SFマガジン』が創刊されたのだ。謄写版印刷で粗末な製本の『宇宙塵』と、美しい色彩で立派な見栄えの『SFマガジン』が毎月父の所に送られて来て、私はそれらに目を通していた。日本SF小説の草分けとも言えるこれら雑誌から小松左京、筒井康隆、星新一といった人々が次々にデビューした。父に送られて来たのは、作家としてのデビュー作『強力伝』を著す前後に、『超成層圏の秘密』(活字にならなかった)や『この子の父は宇宙線』などSFを書いていたからである。

私は小学生の頃に、SF小説の創始者と言ってよいジュール・ヴェルヌの『海底二万里』やH・G・ウェルズの『タイム・マシン』を読み、科学と空想の織り成す途方もない物語に夢中になっていた。中学生になった私が、これら新しい二雑誌に飛びついたのは当然であった。『SFマガジン』には海外作品が多く掲載されていて、ここでロバート・ハインライン、アーサー・クラーク、アイザック・アシモフなどSF御三家の名を知った。

SFの単行本もしばしば送られて来た。ハインラインの『第四次元の小説』は数学的SFで、感激した高校一年の私は訳者の三浦朱門さんにファンレターを出したほどだ。

アシモフの『われはロボット』や『鋼鉄都市』も面白かった。ロシアからのユダヤ系移民アシモフは、作家活動四十年余りで約五百冊も著した多作の人だった。四十歳近くまでは大学で生化学も教えていたのだから驚嘆するしかない。SFばかりか推理小説、科学解説、歴史、言語、神話、さらには何と宗教についてまで書いている。月一冊のペースで書き続けたという勘定だから、恐ろしい数字だ。

アシモフは一九九二年に没したが、残された妻がその十年後に出版した自伝を読むと、それほど多産でありえた理由が分かってくる。

第一は、多くのネタを仕入れるため、生涯勉強を怠らなかったということだ。数多くの科学エッセイを仕上げるには、日進月歩の科学を大まかに摑み続ける必要がある。いくら生化学者とはいえ、細分深化した科学諸分野を追いかけるのは大変なことだ。ただ、これなら私でもしていることで当然と言えば当然だ。

第二は執筆に行き詰まると、それを打開しようと粘るのではなく、他の作品に移ってしまうということだ。少し経って戻ると、懸案だった所があっさり書けてしまうという。これは長く数学の研究をしていた私には難しい。数学では粘りに粘り、何カ月でも、時には何年も考え続けないと何一つ解決できない（そうしても解決できないことが多い）。中断は私にとってギブアップに近いことなのである。

第三は、完全主義を排するということだ。完璧にしようとせず、どんどん書き続けることが大切という。不満の残る部分があっても、その本が出版される三カ月後には新しい本が三冊も出ているから、その本の評判や売れ行きなどはさして気にならないらしい。一方の数学は百ページの論文のたった一行に論理的飛躍があるだけで、全体がゴミくずになる世界である。完全主義にならざるを得ない。アシモフのように完璧でなくてよいというのは難しい。

それに私には父の教えも影響している。父は日頃から、「たった二、三枚の随筆でも、一つ駄作を書いたら、それで作家生命はお終いになる」と語っていた。「獅子は兎を捕えるときにも全力を尽くす」とも言った。だから父は五百枚の長篇小説であろうと、三枚の随筆であろうと同じように全力を傾けていた。
私は内心、「オヤジ、気が小さいなあ」と思っていたのに、いつの間にか父の流儀にはまっている。最後の数ページが思うように書けなくて二年間も放ってある原稿さえある。女房は、「完璧を期すと言えば聞こえはいいけど、偏執狂ということ。断然アシモフを見習いなさい」と強く言う。

（二〇一七年一二月七日号）

秋の真下で

毎年、信州と京都の紅葉を見に行く。五十歳をこした頃から桜や紅葉がますます好きになった。

年々好きになって行く。死を意識するようになると、桜や紅葉をあと何度見られるかなどという考えが脳裏をかすめ、しかと確かめておこうとばかりにせっせと出掛ける。若い頃、三月末の朝などに雨戸を開けると、いきなり押し寄せる春の匂いに頭のしびれるような陶酔を覚えることがよくあった。こんな情緒は若者のものだが、もののあはれ、無常感、郷愁など人間の最も深い情緒は、年齢とともに研ぎ澄まされてくるものである。桜と紅葉がバラやチューリップと違うのは、散る寸前の最期（さいご）の輝きを愛でる、というもののあはれにある。

桜と紅葉にも違いがある。桜の見頃はほんの数日にすぎない。なぜか満開を待っていたかのように雨や嵐が吹き、一気に花を落としてしまうからである。紅葉の方はそれとは違い、見頃が三週間はある。黄色く色づき始めた頃、ほんのり赤くなった頃、燃えるような真赤な頃、すべてがよい。それらが混じっていればなおよい。常緑樹のマツやモミやツバキの間から、色づいた紅葉がひっそりと覗いているのも風情（ふぜい）がある。ということでシーズンの早目と遅目を狙（ねら）い、信州と京都へ二度ずつ紅葉狩りに行くことになる。

今年の京都の紅葉はここ数年で一番の当たり年だった。一一月下旬に行った時は素晴らしかった。まずお気に入りの南禅寺、永観堂、真如堂（しんにょどう）を見て、翌日は北へ向かった。中心部は大変な観光客だったからである。

出町柳から一両編成の叡山（えいざん）電鉄に乗った。蓮華寺（れんげじ）、赤山禅院（せきざんぜんいん）、そしてお目当ての曼殊院（まんしゅいん）、ついで圓光寺と詩仙堂という女房の欲張った計画だった。東山山麓（さんろく）の坂道を、寺社めぐりや山歩きの大好きな女房について行くのは大変そうだが、秋の真下の洛北（らくほく）を歩くのは気分よさそうだから「まあいいや」となった。

電車の中で話しかけた老夫婦が、「三宅八幡（みやけはちまん）もきれいですよ」と言ったので、女房はそこも加えた。あれれと思っていると「鳥居前の茶屋で鳩餅（はともち）を売っていますよ」と教えてくれたので私も「行こう行こう」となった。菓子はケーキやチョコレートより断然餅なのだ。境内のベンチでほんのり甘い鳩餅二個と、家から持って来た前日の残りの餃子六個を食べて昼食とした。花より団子でここの紅葉は覚えていない。

曼殊院に着くと女房が、「門跡寺院よ」と私に釘を刺した。皇室や摂家の出身者が歴代の住職を務めてきた格式の高い寺ということだ。さらに「全国に十七あるけど、中でも最澄を開祖とする妙法院、三千院、青蓮院、毘沙門堂、曼殊院の五つは五門跡と言われ別格なの。だからここ曼殊院には数年前に両陛下が来られたのよ」と付け加え私を威嚇した。紅葉の映える白壁をめぐらした山門への石段を登ろうとしたら、「それ勅使門。天皇とその勅使だけの門よ。あなたは百姓だからあっち」と言った。

庭園に通ずる廊下の壁に格言がかけてあった。その一つを指さし女房がニヤニヤしている。「賢い者はよく聴く　愚か者はよくしゃべる」。私は幼い頃、母に「立て板に水」と言われた。人が口をはさめぬほどの勢いでしゃべり続ける子供だった。今でも人の話を一切聞かず一時間半も偉そうに講演したりする。一方の女房は聞き上手とよく言われる。女房は図星とばかりに、狼狽気味の私を見ながらいやらしく微笑んだ。

枯山水の庭園を前にした広間を抜け廊下を曲がると、いきなり幽霊の掛け軸があった。横に「撮影されますと差し障りのあることがおこることがあります」と注意書きがあった。白い衣を羽織った青白い女が、長い髪をなびかせている。私はフランケンシュタインや血だらけの吸血鬼などは何ともないが、日本の幽霊は女だから、どうにも怖くてダメなのだ。

説教され脅された曼殊院を逃げ出し、詩仙堂を経て一乗寺駅に着いた時は、十数キロも歩いたような疲労感だった。ご褒美に、日本一と評判の和菓子屋で一時間も並び、豆大福を六個買った。秋の真下の鴨川で食べる豆大福は格別だった。

（二〇一七年一二月一四日号）

第二章　流暢な英語より教養

失われた美風

懇意の編集者によると、最近彼女の会社の就職試験を受けたある女子大生が、「キー局のアナウンサー職を蹴って貴社を希望しています」と言ったという。後日そのテレビ局の人と話すと、「そんな子は受かっていない」と言われたらしい。一流大学を出た綺麗な女子大生が嘘をつくなんて、と大いにショックを受けた彼女が大学の後輩に顚末を話すと、「就活中はあちこちで嘘をつきますよ」と普通に言われ、再度ショックを受けたという。

私の学生の頃はもちろん、長い大学教官時代も、学生からそんな話を耳にしたことはなかった。大学院の受験生が時折、ハッタリを言うことがあった程度だ。「四年のゼミで何を読みましたか」「ボレビッチ、シャファレビッチの『整数論』を読みました」「それではディリクレの単数定理とはどんな定理」。学生は知らなかった。

質すと、第一章の途中までしか読んでいなかったのだ。全部を読みました、とは言っていないので嘘ではなかったが。

ハッタリなら私でも時々、あるいはしばしば言う。明らかな嘘といったら、サンタクロースや鬼やおばけや閻魔様など、息子達についた幾多の嘘の他は、女房に時折つく女性がらみの嘘くらいのものである。

アメリカでは多くの嘘に遭った。

ある若い女性は、私が彼女の明らかな嘘を問い詰めたら、「どうして私があんたに真実を言わなければならないのよ」と居直った。同じ答案を書いた二人の男子学生を研究室に呼び出したら、「同じ家庭教師についていたので」と嘘をついた。二人とも大男のフットボール選手で、Tシャツから出た腕が松の根っ子のようなゴッサだったし、カンニングを報告したら二人は退学となり将来がなくなるので、大目に見てやった。TA（助手）として使っていた中近東からの院生は、宿題採点の仕事をサボったので叱ったら、「一週間シカゴの学会へ行っていました」と涼しい顔で言った。私はその間に、彼がグラウンドでソフトボールに興じていたのを目撃していた。

ヨーロッパだって大同小異である。パリを訪れて嘘に遭わなかったことはないくらいだ。中国人の嘘については酷すぎて記すことも嫌になる。知人の英国人社長は、中国人の嘘にほとほと呆れ、中国人対策としてお抱えの中国人弁護士に、「よく平気でつき合えますね」と尋ねた。弁護士は「中国人は初めから他の中国人が皆嘘をついていると思っていますから、嘘にショックなど受けないのです」と答えたという。

近頃は日本までがおかしくなってきた。大手建設会社の手抜き工事によりマンションが傾いたり、東芝の歴代三人の社長が責任を問われるという大々的不正会計まで明るみに出た。その後も、化血研（化学及血清療法研究所）の薬剤不正製造、三菱自動車の燃費不正、神戸製鋼によるデータ改竄などが続いている。かつては数年に一度しかなかったようなことがここ最近は連続して起きている。グローバリズムの進展により世界は、個人も企業も激しい生存競争にさらされるようになった。この中で、清潔を旨としていた日本人までが、苦しまぎれに嘘をつくようになったのだろう。

企業については、グローバル化と称してとり入れた株主中心主義が今、日本の製造業の多くを根元から傷(いた)めている。株主は短期的な利益向上にしか関心がないため、会社は十年後に花が咲くかも知れない、というような研究開発に投資しにくくなっている。そのため技術革新がままならず、今や中国や韓国などに多くの分野で追いつかれ、利益が上がらなくなった。

苦境に立った会社は合理化という名で、費用が半分ですむ非正規社員を多くし、給料を上げないまま正規社員を過剰残業により酷使し、それでも行き詰まると、嘘や不正に訴えてまで利益減少を顕在化させまいとする。会社が社員より株主に目を向けていれば当然ながら社員の忠誠心は冷めるから、内部告発も多くなる。これからも不正の露見が続発することだろう。株主至上主義とは製造業を潰すための最善の方策なのだ。株主の権限縮小を初めとするグローバリズムからの穏やかな離脱こそが、日本の製造業の復活、そしてかつての道徳的美風を取り戻すための第一歩となろう。

（二〇一七年一二月二一日号）

越冬大作戦

急に寒くなってきた。長期予報によると今冬は格別に寒いらしい。

零下三十度の満州で生まれ幼少期を零下二十度を超す北朝鮮や信州で過ごした私は寒さには滅法強かった。三十代まで冬でも下着のシャツはつけなかったし、オーバーやマフラーを初めて買ったのは四十代になってからだった。それが最近はめっきり寒さに弱くなった。

冬には手足までが冷たくなる。かつては多くの女性に「わー温かい」と喜ばれた指先が、今は「わー冷たい」と振り払われる。日本とアメリカで鍛えたスキーも、ここ数年は滑っていない。わざわざ厳寒地に乗り込む気にはならなくなってしまった。

寒がりに変貌（へんぼう）すると、暖かい衣類を買い揃（そろ）えるなど面倒だが、十数年間続いた冬の夜の夫婦喧嘩は、昨年劇的に解消された。それまで私が十八度、暑がりの女房が十六度を言い張り、毎晩口論となっていた寝室の暖房温度があっさり十五度で決着したのである。秘密は「首セーター」だ。

戦争末期、勤労動員として暖かい豊橋の女学校から木曽福島の軍需工場へ移った女房の母親は、夜の余りの寒さに寝つけなかった。そこで持参したセーターの胸部で首の周囲を、セーターの腕で両肩をカバーする方法を思い付いた。首には太い動脈が通っているから、ここさえ保温すればかなりの寒さに耐えられる。夜中にトイレに立つ時も首を保温したままの格好で行けるから、寒さがこたえない。

暖房温度を一度下げると、約十％のエネルギー節約になると言われる。日本中が首セーターを実行すれば、大幅なエネルギー節約になるだろう。

コロラド大学にいた頃は、ワイシャツ一枚で零下の街を歩いていた伊達男の私だが、最近は厳寒時の外出にも注意を払う。ヒートショックといって、急激な温度変化は急激な血圧変化を引き起こし循環器系統によくないからだ。

人真似がうまいだけでなく創意工夫の人でもある私は、厳冬に外出する際の安全な方法を発見した。暖房のある二十度ほどの居間を出てから、暖房のない八度ほどの玄関のたたきで二分間四股を踏むのである。左脚を上げてからスクワット（腰割り）、次に右脚を上げてから再びスクワット、これをゆっくりと左右五回ずつすると、心臓の準備体操になるし、血流もよくなる。それに二十度からいきなり三度の戸外に出るのに比べ、八度での慣らし運転は温度差ショックを軽減する。いいことずくめだ。

それればかりではない。四股踏みにより足腰の筋肉が柔軟となり、玄関を出た瞬間から機敏に動ける。歩幅は身長から百を引いたものがウォーキングの標準だから、私の場合七十五センチだ。これだけの歩幅を確保するには股関節や太股の裏の筋肉を柔軟にしておかないといけない。

一方、歩く速度は十分間で一キロが内臓脂肪燃焼に最適と言われる。私は五十歳の頃まで一キロ八分が普通だった。アメリカでも日本でもデート相手は小走りだった。私に合わせて小走りすることをせず、「あなたがどこへ消えても構わないわよ」というふてぶてしい態度を貫いたのは女房だけだった。その私が六十歳を過ぎた頃から、股関節や太股が強ばり大きく前に踏み出せなくなったのである。最近では、ハイヒールの若い女性と同じ速度にまで落ちぶれた。並んで歩くと怪しまれるからさっさと追い抜きたいのだが、それには全力を出さねばならない。冬の朝に全力は危険だから、追い抜いてもらうようになった。それが、家で四股を踏んでから外出すると、若い男性と同じ速度で歩けるのである。

人真似と独創で冬を切り抜けた私だが、また新しい問題が発生した。私と一緒に首セーターを実行し始めた女房が最近、十五度でも暑いから暖房を切って寝ようと言い始めたのだ。切ればおそらく十度以下になるだろう。

電灯をつけっぱなしにする女房や息子達を「エネルギーを無駄にする奴(やつ)は国賊だ」などとなじってきた手前、苦境に立っている。

（二〇一七年一二月二八日号）

夜道の歌

戦前、宝塚の男役スターとして活躍した小夜（さよ）福子という人がいる。戦後も歌を歌ったり映画に出ていたから、子供の頃から名前を知っていた。私の叔父はファンだったのだろう、長女をさよ子、次女をふく子と名づけた。

小夜福子には昭和一五年に吹き込んだ「小雨の丘」という曲がある。彼女のレコードデビューとなった、サトウハチロー作詞の暗い曲だ。(雨が静かに降る　日暮れの街はずれ　そぼ降る小雨に　濡（ぬ）れゆくわが胸　夢のようなこぬか雨　亡（な）き母のささやき　ひとりきくひとりきく　さびしき胸に)。サトウハチローは母親に関する詩を三千も作ったと言われる超マザコン詩人だが、多かれ少なかれ男は皆マザコンである。母とはよく口論した私だが、昨秋に亡くして以来、日暮れの街を歩くたびに「雨が静かに降る……」と口ずさんでいる。

昭和一四年に霧島昇と高峰三枝子の歌った「純情二重奏」もよく聴く。高峰初の大ヒット曲でとりわけその四番が好きだ。(春は燕(つばくろ) 秋は雁(かり) 旅路果てなき みなし子二人 合わす調べに 野の花揺れて 雲も泣け泣け 亡き母恋し)。〃みなし子〃にひかれるのだ。私の年代には父親を戦争で亡くした「父(てて)なし子」が珍しくなかったが、空襲などで両親を失ったみなし子も時折いた。

昭和二五年くらいまで、これら戦争孤児が駅や街頭で靴磨きや残飯あさりをしたり、夜の地下道やガード下で寝ている、というのは日常的光景であった。その頃に毎日聴いていたラジオドラマ「鐘の鳴る丘」の主題歌「とんがり帽子」の三番にも、「父さん母さんいないけど」という文句が出てきた。

私の母はそんな子供達を目にするたびに、私達兄妹にみなし子の悲哀を語り、私達も紙一重でみなし子になるところだったと諭した。実際、父がソ連の収容所で死に、母が満州からの引揚げで力つきる可能性は高かったのだ。

小学生の頃に涙ながらに読んだ『フランダースの犬』のネロ少年も、何度も読み返した『クオレ』の中の〃難破船〃におけるマリオ少年も、ともにみなし子だった。ディケンズの『オリバー・トゥイスト』だってそうだ。「純情二重奏」を聴くと、私自身がとうとうそのみなし子になってしまったことを想起し、愕然とさせられる。

昭和九年の東海林太郎による「赤城の子守唄」の二番を歌うことも多い。(坊や男児だ　ねんねしな　親がないとて　泣くものか　お月様さえ　ただひとり　泣かずにいるから　ねんねしな)。東海林太郎の哀愁を帯びた高音が心に響く。こんな悲しい子守唄では眠らせるべき赤ん坊が皆泣き出してしまうのではないか、と心配になるほどのメロディーだ。

明治末期から昭和三〇年くらいまでの歌には、子守唄、唱歌、歌謡曲を通して悲しい曲ばかりが揃っている。全体の七、八割はそんな曲のような気がする。その時期、すなわち二十世紀前半は、大きな戦争が続いたうえ、東北や北海道は何度も大凶作にみまわれ、大正末期には関東大震災や不景気、昭和の初めには欠食児童や身売りまで出た昭和恐慌などもあったため、辛く悲しいことが多かった。

本当に悲しい時は、楽しい曲や勇壮な曲でなく、悲しい歌によって慰められる。こういう歌を歌い、涙を涸らして初めて、新たな力が湧いてくる。その時代の日本人が、悲しい曲を求めていたから、自然にそんな曲が多くなったに違いない。戦後の満州からの引揚げ者も、特攻隊員の兵士達も、悲しい曲ばかりを歌っていたという。

かつての我が国にそのような情緒深い歌が多かったおかげで、現在の私は救われている。人の子として生まれた以上、悲しみの絶えることはないから、人生には支えがいくつあっても足りない。歌は私にとり大きな支えの一つなのだ。ただ、人前で母を恋うるのもいささか気がひけるので、たいていは風呂か夜道で歌う。最近は東海林太郎が昭和一三年に吹き込んだ「上海の街角で」を歌うことも多い。(泣いて歩いちゃ　人目について　男船乗りゃ　気がひける……)。夜道で私は男船乗りになっている。

(二〇一八年一月四日・一一日号)

天にひれ伏す自動車制度

十年ほど前からコンプライアンスという言葉をよく聞く。企業の法令順守のことらしい。

最近、日産自動車とスバルがコンプライアンス違反で話題となった。生産過程の最後に行う完成検査を、無資格者が行っていたという。このため、日産は百二十万台、スバルは四十万台のリコールを行った。両社合わせて数百億も費用がかかったうえ、売上げも激減した。

どんな検査を怠っていたのか調べてみると、意外だった。車体や座席の寸法が正しいか、油漏れがないか、ブレーキ液や冷却液が漏れていないか、バックミラーやワイパーはきちんとついているか……。呆れるほど単純なものばかりだ。現在の自動車はエンジンや車両制御に用いられる電子装置が生命だが、これについては触れられていない。

完成車の検査内容を定める道路運送車両法は、トヨタが国産自家用車を開発し始めた一九五一年に制定された法律である。しかも、完成検査資格は公的なものでなくメーカーまかせらしい。自動車メーカーの現場では、各製造工程でロボットアームに取り付けられたカメラによる画像チェックが行われているという。不具合が一カ所でもあったら、生産ラインを直ちに止めないと不良品の山ができるからである。

日産もスバルも、かなり長期間にわたって無資格者を用いていたに違いない。他国に見当らない化石のような法令にかかずらっていては、厳しい国際競争に勝てないからである。そうした慣行による品質不良車は一台も出ていないらしい。日産とスバルの社長は「全工場員を有資格者とする」と宣言しておきさえすればよかったのだ。

車検制度も問題だ。新車購入後三年、以降は二年毎というのは、世界で最も厳しい。しかもその度に数万円もかかる。インドのように車検がないと道路が黒煙だらけとなり困るが、米英での車検は、最寄りの修理工場やガソリンスタンドで排気ガス検査をする程度だから、三十分足らずで終わることが多い。費用は数千円だ。日本では国交省の天下り団体がいくつも巣くっていて米英のようにいかない。
免許制度だって問題がある。まず有効期間が三年（優良者は五年）というのは国際的に突出して短い。フランスやドイツは十五年だし、イギリスで四十四歳の私がとった免許は七十歳の誕生日まで有効（今は十年間）、アメリカで二十九歳の時にとったものは十年間だった。更新も簡単で、試験場や警察署に出向いて講習まで受けさせられることはない。日本では免許保有者八千万人が三年毎にこんな面倒につき合わされている。

運転免許の取得だって、日本のように教習所に通い、粗野で横柄な教官に耐え、平均して三十万円もかかる国はどこにもない。米英ではともに数万円だ。

アメリカで私の受けた筆記試験は、標識を問う問題の他は「遅い車が前にいたらクラクションで速く走れと促す」「酒を飲んでも酔っていなければ運転してよい」……などの適否を答える、というジョークのようなものばかりだった。

実技だって、縁石から三十センチ以内に駐車できればよい、と言われる程度のものだった。この試験で落ちるのは至難だ。アメリカでの運転免許試験に落第した者など、先輩の天才数学者以外に一人も知らない。彼は筆記試験で落ちた。アメリカよりはるかに厳しいイギリスでも、運転未経験の女房が一度落第しただけで合格した。米英とも免許保有者同乗なら自分の車を用い普通道路で練習できるから教習所に行く必要がなく安上がりなのだ。

取得や更新がいい加減に見える米英で交通事故死が多いかというと、自動車の走行距離当りの死亡者数は少ない方から英米日の順で、イギリスは日本の半分だ。運転マナーもイギリスには到底かなわない。日本は教習所が警察の天下り先なのだ。

自動車産業の足を引っ張る時代遅れな完成検査や、国民のカネと時間を浪費させる免許制度など国益を損う法令に対し、「いい加減にしろ」という声が湧いてこないのが不思議だ。日本人ほどお上に従順な民はいない。

（二〇一八年一月一八日号）

口説かなくては

ハリウッドの映画界で、プロデューサー、監督、俳優などがセクハラで告発され騒ぎとなっている。有名なプロデューサーのWは長い間、「俺の言うことを聞かないと後悔するぞ」「言うことに従ったこの女優やあの女優が今どんなに成功しているか見てみろ」と駆け出しの女優を脅し、欲望を満たしてきたらしい。罠(わな)にはまったり、はまりそうになった女優は八十人以上という。

もし本当なら、自らの地位や権力をかさにきたセクハラ兼パワハラで、卑劣の一語だ。これをきっかけに「ミートゥー（私も）」というセクハラ告発運動が始まり欧州にも広がりつつある。ただ、このような実名告発はほとんどが立証できない性格のものだ。恨みを晴らすため、売名、金銭目的にも利用されうるから暴走すると危険である。名誉毀損(きそん)で逆に訴えられることも多くなるだろう。

セクハラは、私がアメリカの大学で教えていた一九七〇年代に騒がれ始めた。私も訴えられると恐い（こわい）ので、研究室のドアは、忙しくて学生に会いたくない時を除き常に開放していた。その習慣は日本に帰ってからも続けた。

日本では女子大に勤めていたから尚（なお）さらだ。おかげで冷暖房が効かず、私の研究室は夏は暑く冬は寒かった。研究室で学生と立ち話をする時も、必ず八十センチ以上は離れて話すようにした。それ以下では、本来は気高い私の理性が、邪（よこしま）な心でゆらぐ恐れもあるからだ。

成績の相談で私を訪れた学生がいた。彼女は私の定めた八十センチ以上という間隔を、なぜか六十センチほどに詰めてくるのである。慌（あわ）てて八十センチに開くと、彼女は半歩進めて六十センチにしてくる。後ずさりして八十センチに戻す、彼女が半歩進める、を何度もくりかえしているうちに気が付いたら仕事机を一周していた。

広がりを見せている「ミートゥー」運動を七十四歳の大女優カトリーヌ・ドヌーブが批判した。「シェルブールの雨傘」で有名な美人女優は、約百人の女性と連名でルモンド紙に寄稿し、「ミートゥー」を行き過ぎた潔癖主義とした。「性暴力は犯罪だが、ちょっとした性的行為くらいで相手を失職させるのは行き過ぎだ。誰かを口説こうとする行為は、たとえしつこかったり不器用だったりしても犯罪ではない」とも主張した。

　これにベルルスコーニ伊元首相がすぐさま賛意を表した。大富豪であり、二度の離婚ばかりか、高級娼婦やモデルやアイドルなどとスキャンダルを起こした名うてのプレイボーイでもある。レイプ事件に対する政府の対策を議会で問われた時、「イタリアには可愛い女の子がたくさんいるから、レイプをなくすことは無理だ」と答弁した人である。哲学者かユーモアの天才か色惚けオヤジだ。ドヌーブの発言に対し彼は「女性は男性に言い寄られたら嬉しいのが当然だ。もっとも私は言い寄ることに慣れていない。いつも女性の方から言い寄ってくるからね」とコメントした。一度はこんなことを言ってみたい。

　ドヌーブの発言には一理ある。お見合いを除き、すべての結婚は口説くことから始まるからだ。すべての恋愛だって第一歩は口説きである。たいていは男が女を口説く。生物学的理由もあろうが、口説いて断られ恥をかく、という役は男が一手に引き受ける、というのは恋愛作法なのである。

　男はこの屈辱を回避するためいろいろの作戦を立て、魂胆を見透かされたり、軽蔑されたり、フラれたりしないよう、ソロリソロリと進むのだ。私も青春の多大な時間とエネルギーをそれに注いだ。なのに私の魂胆はしばしば見透かされ、軽蔑され、フラれた。

『源氏物語』を初めとする古今東西の恋愛小説はすべて、このソロリソロリを描いている。口説きが否定されたら世の中は無彩色になる。私の華麗なプレイボーイ人生も完全否定されたことになる。

「俺は誰が何と言っても口説きを止めないぞ」と女房に力んだら、「それならカトリーヌ・ドヌーブを口説くのが一番無難よ」とやさしく教えてくれた。

（二〇一八年一月二五日号）

ハッピーならば

「その人がハッピーならそのままにしておく」というのがイギリス人の基本的考え方である。他人の行動にめったに干渉しない。そんな国民性のせいかイギリスには変わり者が多い。『ハムレット』の中にも「イギリス人は気違いばかり」という墓掘りの言葉があるくらいだ。周囲の目を気にせずしたいことをする、という人は確かに多い。たとえば冒険家が多い。太平洋探検のクック、アフリカ探検のリビングストン、南極探検のスコット、『日本奥地紀行』のイザベラ・バード女史、エベレスト初登頂の英国隊……。冒険小説も、『ロビンソン・クルーソー』『ガリヴァー旅行記』『宝島』など枚挙にいとまがない。

学問における冒険とは独創的研究だが、力学のニュートン、電磁気学のマクスウェル、蒸気機関のワット、遺伝学のダーウィン、近代経済学を編み出したアダム・

スミス、それに大修正を加えたケインズと多士済々だ。

英国人の友人にも変わり者が少なからずいる。Cはケンブリッジの天才的数学者だったが、その後数学者をあっさりやめ、ITの仕事をしたり、囲碁三段の腕前を生かし入門書を著したり、ウィキペディアに大学大学院生レベルの数学解説を書いたり、と高等遊民になっている。時折そういった解説を読むが、Cの書いたものには一流の冴えがあるのですぐにそれと分かる。

彼のケンブリッジでの教え子（数学と碁）に、世界一のプロ棋士を破った囲碁ソフト「アルファ碁」を考案し、世界を驚嘆させたデミス・ハサビスがいる。Cに頼まれ大学生だったハサビスにお茶大の研究室で会ったことがある。「プロ棋士に勝つ囲碁ソフトを作るのが夢」と言うから、「今までのものの改良では不可能だ。脳科学をよく勉強した方がよい」と思い付きを言っておいた。ところが彼は大学を出て数年後、本当にロンドン大学の大学院に入り脳科学を専攻し、卒業して数年後に「アルファ碁」を作ってしまった。Cによると、デミス・ハサビスが囲碁ソフトの夢を初めて語ったのは私に会った時だったらしい。

Cの夫人は全英で女性トップ三百に入る実業家だが、ケンブリッジで研究していた私の愚息をプロレスに連れ出すほどの格闘技好きだ。とりわけ大相撲ファンでしばしば日本を訪れる。

彼女はこの三月に会社からあっさり身を引き、映画製作の勉強を始めるという。充分な資産を作ったらいつまでもあくせく働かず、田園に移住し庭仕事や読書や芸術など、好きな活動に精を出しながら人生を楽しむ、というのが英国紳士階級の理想なのだ。

赤ん坊の頃から知っている息子は高校生の夏休みに拙宅で一月を過ごした。オックスフォード大学の数学科受験を秋に控えながら一切の勉強をせず、ブックオフでマンガ本を連日買い漁(あさ)った。値段がロンドンの五分の一とか言っていた。心配して、「少し数学を見てやろうか」と言ったら、「I am off now（僕は今休暇中）」とはねつけられた。マンガを八畳間に並べたら端から端まで届いたから二百冊はあったろう。

ただ、子供は子供で、帰国時に郵送料が五万円もかかると知り青ざめていた。入試には合格した。優秀な成績で卒業した後、あっさり数学を捨てロンドン大学で法律を専攻、弁護士を経て裁判官としてマンチェスターで活躍していた。ところが一昨年の手紙に、再びあっさり職を辞し、男性と結婚しアメリカのシカゴでチョコレート職人になったとあった。仰天動転した私が、昨年我が家を訪れた母親にショックだったかと尋ねると、「少し驚いた」と言ってからショコラティエとしての活躍ぶりをうれしそうに語った。

娘はケンブリッジで生命科学の修士を取りながらこれまたあっさり学問を捨て、京都で日本語とキックボクシングを勉強し、今は専門を生かし酒造会社で働いている。

Cの家族の奔放さにはいつも目を白黒させられる。と同時に人生を何度も生きているような羨(うらや)ましさも感ずる。私などは、かしずこうともしない女房に三下り半も突きつけられぬまま、四十年もしがみついている。意気地ない、ふがいない。

（二〇一八年二月一日号）

愚かなる小学校英語

二〇〇二年、国際理解教育の一環として英語が小学校で教えられることになった。英語は二〇一一年に小学校五、六年生の必修となり、二〇二〇年にはいよいよ教科に格上げされる。教科になるということは、教科書が作られ、テストが行なわれ、通知表に成績がつくということである。さらに三、四年生も必修となる。こうなれば私立中学入試にも英語が入り、英語教育が一気に過熱するだろう。日本の初等教育が一変する。

一九九〇年代から英語教育関係者が中心となり、「世論の高まり」を理由に小学校英語の導入を主張し、それに経済界や文科省が乗ったから、導入、必修化、教科化と三段跳びの格上げがなされたのである。実際、ほとんどの世論調査や意識調査で、約八割の国民が小学校英語を支持してきた。

しかし世論の中味を精査した研究によると、英語の不得意な人々が小学校英語の主たる支持層という。また、最近の統計では、国民の九十一%が英語を不得意に思っているという。私は、海外で活躍した人々や大学の英文科教授で小学校英語を支持する人に、出会ったことは一度もない。彼らは、国語をまずしっかり身につけることが先決で、英語は中学校から始めても遅くない、国際人になるには流暢な英語より教養、ということを知っているからだ。

発音は早期に始めた方が多少はよくなろうが、英語が国際語となった今日、フランス人は仏語訛り、ドイツ人は独語訛り、中国人は、インド人は……と訛り丸出しで話しているのだ。小学校英語支持とは、英語に対する漠然とした憧れ、英語を話せないのは小学校から勉強しなかったからという誤解などの反映と言って過言ではないのだろう。

日本の将来、子どもの将来を深く考えた末での世論とはとても思えない。そもそもAIの専門家たちが十年足らずでスマホに自動音声翻訳機能がつく、と断言している。苦労して小学校で英語を習っても、大学を出る頃はスマホでポンの時代なのだ。世論調査とは、個人的感情や自らにとって有利か不利かの計算によって回答されるものである。その世論を大事にする政治のおかげで、英語は我が国の小学校におけるハイライト教科になるだろう。小学校での英語導入に当初から反対していた私は、「小学校五、六年で始めても効果が上がらないからいずれ三、四年からとなる。それでも効果が上がらず一、二年からとなる。それでも話せるようにならない」と十数年前に書いた。その通りになりそうだ。教育は国家百年の計であり、世界観、歴史観、人間観の問われる重大問題である。移ろいやすい世論などで決めてはならないのだ。

小学校教員で英検準一級以上を持つ者は一％もいないという。三人に一人が過労死ラインを越えている教師に更なる大負担が加わる。先生や生徒が英語にかまけていると、学校の一週間は二十数時間しかないから、肝腎の国語や算数など基礎基本にもしわ寄せが来る。

英語塾に通う子も増えるだろうから読書の時間も奪われる。小学校時代とは、童話、物語、偉人伝、詩などをできるだけたくさん読み、感動の涙とともに、惻隠の情、卑怯を憎む心、正義感、勇気、家族愛、郷土愛、祖国愛などを胸に吹き入れる時だ。この時期を逃しては取り返しがつかない。このままではやがて、英語の発音が少しばかりよいだけの、無教養で薄っぺらな日本人で溢(あふ)れることになる。

それだけではない。世界中の子どもが英語を幼少時から学ぶようになれば、英米文学は世界中で読まれ、日独仏露中などの文学は翻訳でしか読めなくなる。政治経済文化と広範な領域で、英語を母国語とする英米の発信力が飛躍的に高まり、英米文化が覇権を握ることになる。小学校での英語必修化とはこれに手を貸すことだ。

地球は多文化であってこそ美しい。チューリップは美しいが、世界中がチューリップ一色だけの地球なんて爆発してなくなった方が良いのだ。

我が国における小学校英語とは、英語を上手に操る人への憧れと劣等感を幼い頃から育(はぐく)み、我が国の欧米崇拝や対米屈従を助長し、日本人を愚民化する、最も適切な方法と言えよう。


（二〇一八年二月八日号）

母の無念

ジムで自転車をこいでいたら、隣に来た顔見知りの男性が言った。「先日、自転車で近所を散歩していたら、新田次郎さんの標札が門柱にかかっているのを見つけたんです。ファンとしてとてもうれしかったです」。

昭和二六年、母の『流れる星は生きている』の印税と、父のサンデー毎日大衆文芸賞の賞金を合わせ吉祥寺に土地を買った両親は、住宅金融公庫から全額を借り二十坪の小さな家を建てた。

父は昭和五五年二月一五日に亡くなったが、その数年後、アメリカから帰国した兄一家が母と同居するに当たり、古家を建て替えることになった。父の標札を外す好機であったが、母が「お父さんが帰って来た時に自分の家が分からなくなる」と言い張ったのである。以来四十年近くそのままということになる。

我が家の南には大きな柿の木があった。吉祥寺に引っ越すなり、近所の植木市で父が苗木を買ってきたものだ。諏訪にある父の生家の南にも柿の大木があるから、郷愁で買ったのだろう。植えて十年もすると高さ五メートルほどにもなり、毎年次郎柿をたわわに実らせるようになった。私の部屋から一メートルほどの近さということもあり、子供の頃からほとんど毎朝縁側から栄養満点の肥料をやったせいか、とても甘かった。秋になると、父は「共食いだ」などと言いながら私達と頬張ったが、私の隣の部屋で毎朝の音を聞いていた兄だけは食べようとしなかった。

建て替えの際、二階の屋根に達するほどになったこの柿は設計上の妨げになるし、日当たりや風通しを悪くするということで、兄は切り倒すことを望んだ。またしても母が拒否した。「お父さんがふと帰った時、自分のいた家が新しくなっているから、せめて柿の木を残さないとどこに帰っていいのか分からなくなる」。という訳で柿の木は今も健在だ。母が一年余り前に亡くなったので、標札も柿ももはや手を加えることができなくなった。

母は、五歳、二歳、〇歳の幼児を連れて、一年余りの死と隣り合わせの満州引揚げをなしとげた意志強固な人間であり、時にはスパッと理屈で切って捨てるような人間でもあったが、父が亡くなってしばらくはすべての面で理不尽だった。玄関には父が毎日の散歩時にはいた革靴が磨いて並べてあった。「いつ帰ってもすぐ散歩に行けるように」と真顔で言っていた。

父は銀座のバーに行くのが週に一度の楽しみだった。先日、母の亡くなった後、銀行で借りていた母の貸金庫を開くと、父が銀座にくり出す時に使っていたなめし革の茶色い財布が出てきた。ピン札が十万円ほど入っていた。銀座で払う額は五万円位と聞いていたから、きれいなママさんの前で恥をかかぬよう十万円を持って出たのだろう。父が突然帰って来て「銀座に行くぞう」と言った時に備え、父の書斎にしまっておいたのを、建て替え時に貸金庫に入れたのだろう。

父の死は、毎日新聞に『孤愁―サウダーデ』（文春文庫・筆者との共著）を精力的に連載中の急逝（きゅうせい）だったから、母は心の底からは信じられなかった。というより認められなかった。満州引揚げで周囲がバタバタと倒れて行く中で、三人の子供と生きて故国にたどり着くという一縷（いちる）の望みを胸に、絶望の中でも絶対に生を諦（あきら）めなかった母である。父の「おい、驚かせて悪かったな、帰ったぞ、メシ！」を待ち続けていたようだった。

昨年末、母の部屋の納戸（なんど）を片づけにいった妹から電話が入った。「古い洋服など、ガラクタばかりが山ほどあったわよ」「お袋はモノを捨てられない人だったからな」「そう言えば、洋服ダンスの奥からお父さんのネクタイが三本出てきたのよ。見覚えのあるものだしお父さんの思い出だからとっておいたわ。そうそう、そのネクタイを束ねる紙に『捨てるものか』と書いてあったの」

そう言うと妹は不意に声を詰まらせた。母の無念が私の胸に大波のごとく押し寄せた。

（二〇一八年二月一五日号）

アラン・ベイカー教授の思い出

一九六九年春だったか、都立大数論セミナーで先輩のKさんがアラン・ベイカーの論文を紹介した。二十世紀数学の巨匠ヒルベルトが、リーマン予想（今も未解決）より難しい、と評した超越数に関する難問を解決した論文であった。ケンブリッジ大学の二十代の若者が、十九世紀的手法による力技でねじ伏せてしまったのである。翌一九七〇年、ベイカー教授はこの論文によりフィールズ賞を受賞した。

彼に初めて会ったのは、私がコロラド大学にいた一九七四年だった。共通の友人であるシュミット教授の家へ夕食に招かれたのである。濃紺のスーツに身を固め、度の強い眼鏡をかけた彼は、背の割に鼻が大き過ぎたが、若き天才のオーラを発していた。

次に会ったのは一九八七年、一年余り研究と教育に携わっていたケンブリッジにおいてであった。毎日午後四時十五分からのティータイムで、彼はいつも皆から離れた所に坐り、眉間に深いしわを寄せたままティーを飲んでいた。思い切って話しかけると、コロラドで会ったことを覚えていてうれしそうだった。

　毎週の数論セミナーでも彼は、常に最後列の隅に陣取り、誰とも話さず、セミナーが終るや消え去った。まもなく、私がセミナーでの講演を依頼された。完成して間もない論文の内容を話すと、彼は珍しく講演後に居残り、「とても面白かった。教官クラブでティーを飲みませんか」と誘ってくれた。

　ティーカップを手に彼は切り出した。「ケンブリッジの印象は？」「ケンブリッジ伝統の、地に足をつけた数学がすっかりすたれ、抽象的方法のものばかりなのが少し残念でした」「まさにその通りです。あなたの言うことはまさに正しい、まさに」と力をこめた。流行りの論文製造競争から距離をおき、貴族的とも言える優雅な数学研究にこもったままの数学教室を、競争と評価の支配するアメリカ式に変えようとするC教授に押され、保守的な彼は孤立しているのだと思った。

　彼は独身であった。彼の友人であるノーベル物理学賞のジョセフソン教授と夫人のキャロルが、四十歳となった彼に適齢の女性を紹介しようと企んだ。二人をボートに誘い並んで坐らせたまではよかったが、彼が女性との間隔を開くことばかりに気を奪われていてダメだった、とキャロルが笑いながら話した。いつの間にか私は、彼のケンブリッジにおける恐らく数学者として唯(ただ)一人の友人となった。彼はケンブリッジきっての名門トリニティ・コレッジに専属教官(フェロー)として住んでいた。そこでの公式ディナーに私達夫婦を招(よ)んでくれたことがある。

　女房は成人式に誂(あつら)えた、オレンジの地に緑の葉をつけた黄色い菊の大輪を描いたど派手な振袖(ふりそで)を、「二人の子持ちが振袖を着てもここなら問題ないはず」とか言って自ら苦労して着付けた。ベビーシッターのアイルランド娘に頼んで髪をアップにしてもらうと、馬子にも衣裳(いしょう)となった。教授の部屋に二人で行くと、純白のスーツの彼が、女房を見るなり「ビューティフル、アハハ、ビューティフル、アハハ」と何度も繰り返した。ニュートン以来のダイニングホールは今もローソクだけで暗かった。教官陣と学生達が皆黒ガウンなので、全員の視線が振袖に集中した。気をよくしてワインを飲み過ぎた女房は帯の締め付けもあって気分が悪くなり、デザートの途中で席を立ち、しばらく彼の部屋で休むことになった。彼のベッドに振袖のままもぐりこんだのだ。その間ずっと、彼は狼狽(ろうばい)したのか細長い部屋の中をマントヒヒのように往復していた。そんな彼が好きだった。

彼が日本を訪れた時は私の山荘に招待した。よほどリラックスしたのか、彼は夕食後十一時頃まで笑い続けた。翌日は昼前まで起きてこなかった。彼を知る数学者で、彼が数時間も笑い続けたという私の話を信ずる者は、世界中にこれまで一人もいない。普段は一カ月に一分くらいしか笑わない人だからだ。その後もケンブリッジを訪れる度に会っていたが、このクリスマスにはカードが来なかった。どうしたのかと思っていたら亡くなったと風の噂に聞いた。ついでアメリカ数学会の雑誌に大きな追悼記事が出た。二十代にして数学史に残る輝かしい業績を挙げ、そこで燃えつきた孤独の人生だった。「彼のベッドで寝たこの世で唯一人の女性」と自慢する女房を連れて、近く墓参りに行く積りだ。

（二〇一八年二月二二日号）

三十八回目の二月

今、沖縄の青い海を見下すホテルの部屋でこの原稿を書いている。開け放った窓から入る海風にレースのカーテンが揺れている。二月一五日の朝八時というのに気温はすでに二十度をこえている。

三十八年前の今日のこの時刻、父が急逝した。零下となった寒い朝にトイレに立った父は、廊下で心臓発作を起こし、そのまま逝(い)ってしまった。あの時、私が違った対応をしていれば父を逝かせずにすんだのでは、とくり返し煩悶(はんもん)する三十八年間だった。

発作の数日前から父は風邪をひいていた。倒れる前日の午後、父から電話で「胸が苦しい」と訴えられた。母は講演で外出中だった。隣りに住む私は直ちに様子を見に行き、赤い顔をして寝ている父に「どこが苦しいの」と聞くと、胸全体を手で示した。流感で全身が苦しいのだろうと思い、水分を補給しただけで戻った。心臓に問題があるとは思いもしなかった。たまたま二週間前に受けた心電図検査で何の異常もなく、母と安堵(あんど)したばかりだったからだ。あの時に念のため、かかりつけ医の往診を頼むべきだった。

倒れた朝、母からの慌てた口調の電話に裸足(はだし)のまま庭に飛び出し母家(おもや)に飛びこんだ。冷たい廊下に横たわっていた父を和室まで運んだ。胸が苦しいというのにまだ心臓発作とは思わず、救急車を呼ばなかった。かかりつけ医に至急来てもらうよう母に頼んだだけで、一旦(いったん)自宅に戻った。なぜ現場を立ち去ったのか理解に苦しむ。

二十分ほどして母から「呼吸がない」との電話があった。脱兎(だっと)の如(ごと)く飛び出して行くと、医者は「ヒゲを剃(そ)ってから行く」とのことでまだ来ていなかった。直ちに救急車を呼んだ。と同時に人工呼吸を施した。心臓マッサージも同時にすべきだったがその知識がなかった。

日頃から父の肥満や運動や食物について口うるさく言っていたのに、いざという時に何一つしてやれなかった。もう少し医学的知識と冷静な判断力さえあれば、六十七歳の若さで父を遠くに行かせてしまう、ということにはならなかったのだ。

大切な人を亡くした時には誰しも、「こうすればよかった」、「ああすればよかった」と後悔の念に駆られるのだろうが、私の場合これが三十八年間続いている。あれ以来、二月は私にとって最も辛い月となった。いつも明るい私が、滅入ってしまうのだ。二月に入ると決まって、自分も父のようにある朝倒れる、などと思い神経質になったりもする。

父は晩年、冬は暖かい沖縄で過ごしたいものだと言っていた。母の「すごい出費になりますね」で一度も実現しなかった。二カ月間ほど沖縄のホテルで暮らすことなど、父の収入なら何ということもなかったのだが。父が作家として売れ出すまで我が家の家計は苦しかったから、母には倹約が身にしみついていて、「冬は沖縄」などというのは贅沢の極みだったのだ。

私はイヤな二月を逃れようと年初から「二月は沖縄」と女房に言っておいた。やはり倹約を旨とする女房だから一言二言イヤミを言ったが、私の毎年二月の変調を知っているだけに、「行く前に三年余り抱えている新潮新書の原稿を書き上げること」という条件で認めてくれた。手間のかかる私がいないと自由が倍増すると思ったこともあろう。

二週間近い沖縄滞在では、「管見妄語」を二本書く以外は原稿を一切書くまいと決め、三つの目標を立てた。一つ目は、ホテルのジムで鍛え、腹をへっこませ胸をふくらませ、健康かつセクシーになる。二つ目は普段はとても読めない本を読む。具体的には高一の時に桐壺(きりつぼ)で挫折(ざせつ)した「源氏物語」。三つ目は酒池肉林。出発の朝、「沖縄では鼻血ドバーで行くぞお」と勇んだら、女房が明るく「頑張ってねえ」と励ましてくれた。

沖縄は最低気温が二十度などという日もあり、天候にも恵まれ実に快適だった。春を思わせる風に父のことも女房のことも忘れた。努力の人だけに目標もほぼ果たした。三つ目だけがイマイチだった。努力だけでは難しいからだ。私の破壊的かつ破滅的なフェロモンが衰えたはずはない。どうも女房の励ましが悪かったらしい。

(二〇一八年三月一日号)

第三章　統計とは「インチキの玉手箱」

働かせ方改革

私のカナダ人の友人は、オタワ大学の数学科を出てから官僚となり、統計の専門家としてトルドー元首相の下で働いていた。彼は「官僚としては順調に出世したよ。トルドーの欲しいと思う統計を、いささかの嘘も混じえず、翌日までに提出する特技があったからね」と言ってニヤッと笑った。嘘ではないものの、首相にとって都合の良いデータを選び、都合のよい形に整えることに長けていたということだ。

そんな生活がいやになった彼は三十五歳で職を辞した。統計とは「インチキの玉手箱」である。素人にはどこがインチキなのかなかなか分からないから、政府、官庁、メディア、企業などがしばしば印象操作や宣伝の目的で統計データを用いる。

働き方改革ということで政府が三年間も使っていた統計データがインチキだと野党が騒いでいる。裁量労働制を導入したい政府が、導入されると長時間労働が緩和される、と思わせるために再三用いてきたデータだ。裁量労働制で働く人々の労働時間と、一般労働者の最大労働時間を比べているのだから、子供でも分かるインチキだ。捏造データと言ってよい。

野党はこの一年間、取るに足らぬ森友・加計問題を騒ぎ立て国政を遅滞させてきた。このコラムで思考停止集団と皮肉ったほどだ。しかし今回の騒ぎ立ては完全に正当である。大嘘の統計を用いて国民を欺してきた政府と厚労省の責任を厳しく追及するのは当然だ。

日本の労働には大きく四つの問題がある。

第一が少子化による労働人口の減少。第二が先進七カ国中でビリという低い労働生産性（労働者一人が一時間で生み出す価値）。財政危機のうえ残業などに縁のないスペインやイタリアより二割も低い、というのだから国辱的低さである。第三が正規と非正規職員の不合理な格差、子育てや介護との両立の困難。第四は長時間労働だ。最近は過労死がしばしばニュースになっているが、先進七カ国中では日本人の労働時間が飛び抜けて長い。

物事を考える時は、本質が何かを見抜くことが大切だ。この四つでは文句なしに長時間労働が本質である。これが解決されれば他の三つもほぼ改善されるからだ。

第一の少子化だが、知人の三十代女性は、「子供が欲しいけど、主人の帰りが毎日午前様なのでなかなか」とためらいつつ言った。過労死ラインとは月八十時間の残業を言う。我が国では、ブラック企業どころか、超一流の大企業でもこれを超す残業が普通に行われている。

有給休暇を取ると上司に嫌味を言われるし、取らないと組合から文句を言われるという理由で、有給休暇を取って会社で仕事をする、という人を何人も知っている。有給休暇の平均取得率は五十%にしかならない。これでは休日も寝ているだけとなり、子作りどころではなく、少子化が進むこととなる。

また第二の生産性についても、一日に十数時間も会社にいて、頭脳活動が続くわけがないから、夕方以降はぼんやりしているはずである。生産性が低くなるわけだ。

第三に関しても、子育てや介護に関る人は定時に帰宅させれば大分楽になる。産業構造の似たドイツでは残業は一日二時間までならよいが、半年間の勤務時間が一日平均八時間を超えてはならないと決められている。労働基準局が抜打ち調査をし、違反企業には厳罰を科す。それでも生産性は日本より五割も高い。

裁量労働制になると、「特別な事情がある場合」は月百時間まで残業させてよいことになる。特別な事情など会社はいつでも作れる。労働者は死んでもよいということだ。しかも残業代を働いた時間だけ払わなくてよいことになる。社員を増やすより残業をさせる方が安くつくから、多くの企業がこれに飛びつき過労死はさらに増えるはずだ。

我が国の労働形態は日本の恥部である。なぜドイツ型にできないのか。政府は労働力不足に対し、大量の外国人労働者導入や働かせ方改革など、大企業の言いなりとなっている。対症療法に走るのでなく、少子化の真の原因の究明、という根本的解決への第一歩を直ちに踏み出すべきだろう。

（二〇一八年三月八日号）

笑えば敵なし

世界中、年寄りの表情が険しい。口の両端が下がってくることもありどこか怒っているようだ。微笑みが少ない。

先日、沖縄のホテルの朝食で、二日続けて隣に坐った七十歳前後の夫婦は、笑い合うどころか、二日間で一度だけ、数秒の言葉を交しただけだった。そばの若い男女はペラペラつまらぬことを話しては笑っていた。

人間はストレスにさらされると笑わなくなるという。年寄りはストレスの塊と言ってよい。死を身近に感じざるを得ないからだ。精神的に少しずつ追いこまれるうえ、身体のどこかに色々のガタがくる。医者に診てもらっても多くは「トシですね」と言われる。不可逆的と突き放される。

それに心筋梗塞や脳梗塞やガンといった恐ろしい病気の最大要因は、酒でもタバコでもなく文句なしに年齢である。微笑むことが年々難しくなるのも仕方ない。

私立中学の受験を間近に控えた一月の頃に、そばの受験塾から勉強を終えて出て来る六年生を観察すると、子供なのに笑顔は皆無だ。年齢によらずストレスこそが笑顔の敵と分かる。

子供の頃の私は「いつもニコニコ正彦ちゃん」だった。実際、幼少時のどの写真を見ても、白くふっくらとした右頬に大きなえくぼを作って微笑んでいる。子供は皆可愛いが、私は極端かつ異常に可愛かった。当然ながら、小学校ではクラスの女の子達が皆私に惚れていた。惜しむらくはそこが人生の絶頂であったことだ。

超音波で見ると、人間は胎児の頃から子宮の中で笑っているという。我が愚息共もまだ目の見えない新生児の頃、愛らしく笑っていた。あれが愚息共の絶頂だった。幼児は一日に四百回も笑うという。人生とはストレス蓄積の過程、すなわち笑いを失なう過程なのだ。

医学の知見によると、笑いはストレスホルモンと言われるコルチゾールやアドレナリンの分泌を減少させるという。その結果、ストレスを軽減し、血圧、血糖値、心拍数を低下させるらしい。同時に笑いは幸せホルモンと言われるエンドルフィンやセロトニン、ドーパミンを分泌させ、人をリラックスさせる。セロトニンは抗鬱(こううつ)作用のあるものだ。また落語や漫才を聞かせた後でＮＫ細胞の活性を調べると顕著に上昇するという。ＮＫ細胞とはガン細胞攻撃の主役だから、ガンに対する免疫力(めんえきりょく)が高まる。

まさに笑えば敵なしなのだ。「笑う門には福来たる」の通り、年寄りこそ笑うべき人である。

さらに、笑顔は伝染する。実験によると、笑顔の人を見ながら厳しい表情をするのは難しいらしい。赤ちゃんだって私が笑いかけると笑い返してくれる。笑顔は笑顔を呼ぶ。だから芸のない芸人は、笑いを取るために自ら大口を開いて笑って見せる。

先日の冬季オリンピックで銅メダルを獲(と)った女子カーリングチームが大人気の理由は絶やさない笑顔であった。他チームがどこも恐ろしい形相でプレーしていたから、世界中のメディアが彼女等の笑顔に注目し、絶賛した。

私が最も驚くのは、それが作り笑いでもよいということだ。最近の研究では、作り笑いでも自然の笑いと似た医学的効果があるという。辛(つら)い時、悲しい時、緊張した時などは作り笑いによりそういった負の感情が軽減される。

四十年ほど前、浪越徳治郎という指圧師がテレビによく出ていた。「指圧の心は母心、押せば命の泉湧く」という決め台詞の後で必ず「アーッハッハ」と豪快に笑った。彼がテレビで「さあ皆さん思い切り笑いましょう、アーッハッハ、アーッハッハ」とやると、我が家でも家族全員が、三度目のアーッハッハくらいから大笑いしてしまったものだ。作り笑いでも伝染するのだ。血圧も十くらいすぐに下がる。自然の笑いなら二十は下がる。

だから私が家で血圧を測りながら一所懸命笑顔を作っていると、横から女房が必ず「何笑ってるの」とイヤミを言う。それがおかしくて本当に笑うと、カンニング生徒を見つけた教師のように「ダメー、ズルーイ」と絶叫する。

（二〇一八年三月一五日号）

神様になる

大学一年生で運転免許を取得して以来、米英での四年間を含め半世紀余り車を運転している。交通事故を一度も起こしていないのが自慢だ。警察に捕まったことだって、踏切りと小さな四辻での一時停止違反、および中央自動車道でのスピード違反五回のみである。一時停止違反はともに隠れていた卑怯な警官によるもの、スピード違反は仕事熱心すぎる山梨県警の、覆面パトカーとネズミ捕りにやられたものだ。半世紀でこれだけだから、まあ優良ドライバーのうちだろう。

ただ、世界中を乗り回っているのに技量が一向に上がらない。車庫入れには今も手こずる。バックで入れる時など一度ですっと入ることはめったにない。車体をこすったことも何度かあるから、横に女房がいれば必ず外に出て見てもらう。新婚の頃、「そんなことを頼むボーイフレンドは一人もいなかった」とボヤかれた。

高速道で等速を保つのも苦手である。制限時速が百キロだと八十キロと百二十キロの間を往復する。だから運転中はリラックスのため音楽を聴く。女房がいるとクラシック、一人なら懐メロだ。

ただ、懐メロは想いがこもるのでスピードに影響する。関種子の「雨に咲く花」を、涙ながらに聴きつつ山道を運転していたら後続車が長蛇の列をなした。松島詩子の「マロニエの木蔭」を中央自動車道で聴いていたら三十四キロオーバーでパトカーに捕まった。

方向感覚もかなりひどい。高円寺から吉祥寺の自宅に帰ろうと青梅街道に出て、どちらに曲がるか女房と激論の末、私の「絶対に右」で右折した。間もなく新宿のニョキニョキビルが目の前に現れすっかり信用を失った。国内外で同様の失敗を繰り返したから「あなたは常に、見事に、正反対の方向を言う。これからはあなたの言う方向と真逆に行くと間違いないわ」と皮肉られた。そのうえ、「これほど方向感覚が悪いのは空間把握ができないということ。あなた幾何がダメだったでしょう」とまで言われた。幾何は得意中の得意だったから二つは無関係だ。

運転技量は運動神経とも関係が薄いはずである。私は中高とサッカー部に属していて、高校の頃は「西の釜本、東の藤原」と言えば家族の者は皆知っていたほどだからだ。

遺伝が関係する可能性はある。母は自動車教習所に通ったものの仮免さえとれなかった。遺伝子が変形しているとうまく運転できないそうで、カリフォルニア大学の研究では、ある遺伝子が変形しているとうまく運転できないそうで、アメリカ人の三十%ほどがそれに該当するという。私もそれかも知れない。アメリカから帰国した際、免許更新を忘れたため実技試験を受けねばならなかったが、日米で十五年も運転していたのに落第した。

しかし運転で最も大切なのは技量でなく安全運転だ。これなら自信がある。技量不足を自覚している私は車間を大きくとるため、しばしば前に割りこまれたり後から速く進めと催促されたりする。

安全運転の秘訣は三つある。第一は、どんな意地悪や無礼にあっても、カッカとせず泰然としていることである。

第二は運転マナーの悪い地域をなるべく避けることだ。悪いと言われる大阪、愛知、福岡、京都、千葉などでは細心の注意が必要である。ただ、私の経験では日本人の運転マナーは北欧、英独蘭などと並び世界で最もよい。フランス、イタリア、スペインなど南欧では芸術的運転が多く肝を冷やすことがよくある。東欧とアメリカは南欧と同程度のマナーだ。ロシアや韓国は無謀運転で悪名高いが、中国とインドはもはやカオスでお話にならない。この二国では、十分間に東京で聞く一年分のクラクションを聞く。歩道に乗り上げて追い越す車まである。後部座席でも生きた心地がしない。運転マナーは、当然ながら順法精神や道徳、治安と強い相関がある。だから私が運転するのは日本以外ではヨーロッパとアメリカくらいだ。

第三は、これが最重要なのだが、助手席の女房の、ヒマにまかせて放つ支離滅裂な言いがかりやイチャモン、私特有の不潔不徳不実の追及、などを馬耳東風と聞き流すことである。仏様にならないため神様になるのだ。

（二〇一八年三月二二日号）

忖度（そんたく）と惻隠（そくいん）

明治三七年二月、日露戦争が始まるや、日本海軍は強力なロシア旅順艦隊を旅順港内に閉じこめる作戦に出た。主戦場である満州での戦いに必要な兵員や武器の補給は我が国にとって海上輸送しかなく、日本海を安全にしないと戦えないからである。幅が二百七十三メートルしかなく水深も浅い港口に何隻（せき）かの老朽船を沈め出入り不能にするというものだが、第一次閉塞作戦は沿岸砲台からの激しい砲撃で失敗した。第二次作戦で広瀬武夫少佐は「福井丸」を指揮したが、港口にたどり着く前に魚雷攻撃を受け航行不能となった。

撤収命令を出しボートに乗り移った広瀬が点呼すると杉野孫七上等兵曹がいない。杉野は指揮官広瀬の無念を忖度し、少しでも港口に近づいてから船を自爆させようと残ったのだ。広瀬は沈みかけた福井丸に戻り「杉野は何処（いずこ）、杉野は居（い）ずや」と連呼しながらくまなく探すが見つからない。諦めてボートに戻るや、砲弾が広瀬の頭部を吹き飛ばした。文部省唱歌「広瀬中佐」により戦前にはよく知られた話である。

かつて我が国では忖度と惻隠は表裏一体となって社会を動かしていた。下の者が上の者の気持を忖度して行動し、上は下に情をかける。どこの国にも忖度と惻隠はあろうが、我が国ほどそれが濃密な国を知らない。

中国人にはほとんどないと言われるし、アメリカ人は親切だからこちらが説明すればいろいろしてくれるが、黙っていればほとんど何もしてくれない。他人の気持を察して行動するというのは余計なお世話とか干渉と考えるのだろう。

忖度や惻隠といった非言語文化は一々声高に説明する必要のある言語文化に比べ、文化レベルとしてははるかに高尚と私には思われる。日本人の忖度や惻隠は「おもてなし」などという言葉にも表れ、世界から評価されるようになってきている。

ケネディ大統領は最も尊敬する政治家として上杉鷹山を挙げた。鷹山は自ら粗衣粗食に徹し、家老達の禄を大幅カットし、貧民のために粉骨砕身した惻隠の人だった。忖度や惻隠は、どこの国の人にも容易に理解され尊敬される、日本の美風と言ってよい。

森友・加計問題で国会は一年も大騒ぎしている。文科省と財務省の忖度により起きた事件だが、上司の意向を下が忖度するというのは、日本のあらゆる組織では当り前で、必要不可欠なことでもある。社長の意向を役員が忖度し、その意向を部長が……という順に進む。

ただ公僕の場合は、政治家の意向に対し慎重に接する必要がある。個人間では美徳である忖度が、国民に対する不公平を生む恐れがあるからだ。

二〇一四年に新設された内閣人事局に審議官級以上の人事権を握られて以来、官僚は政権の意向を過度に忖度するようになった。権力を持ちすぎた政権が官僚の矜持を踏みにじっている。英国のように、人事に関し各省の意志を最大限尊重しない限り、官僚の政権への忖度に発したこのような事件は今後も起きるはずだ。ここで大切なのは誰が責任をとるかということである。今度の事件では、一番下の者が責任をとり自殺するという、あってはならない痛ましい事態となった。忖度と惻隠は表裏をなしていて、忖度をしてくれた部下をどんなことがあっても守るのは上の者の厳粛なる義務である。

今回のような不祥事については、省のトップが部下に災禍が及ばぬよう全責任を一身に負うべきであろう。広瀬武夫はいなくなったようだ。
改竄（かいざん）や隠蔽（いんぺい）という明白な不正に対し野党は色めきたっているが、政治家が正義を振りかざしてはおしまいだ。現実やものの軽重が見えなくなるからである。対米従属、自主防衛、デフレ克服、地方の過疎（かそ）化、少子化、社会保障費、格差の拡大、活字文化の衰退など急を要する問題が山積している。諸悪の根源である内閣人事局の存廃を追求するならともかく、森友・加計のごとき取るに足らぬ不正問題にしがみつく野党そしてメディアの幼児性が、国家と国民の利益を大きく損ねている。

（二〇一八年三月二九日号）

ワードゲーム

　三年ほど前、福岡県に住む男性が福岡女子大に入学願書を提出した。栄養士の資格をとりたいが私大に行く余裕がないので、県内でその資格をとれる唯一の国公立大、福岡女子大に出願したのだった。無論、入学願書は受理されなかった。彼は「法の下の平等をうたう憲法十四条に反する」と違憲の訴えをおこした。翌年、福岡地裁で公判が開かれた。大学側は「女子のリーダーを育成するには人工的に女子のみの教育環境を作り出す必要がある」と主張した。勝ち目がないと思ったのかしばらくして彼は訴えを取り下げた。

　私のいたお茶の水女子大学に対しても、数年に一度、「税金で運営されている国立大が男子を入れないのは違憲ではないのか」という質問が国会で出た。それが大学で問題となった時、図書館長として評議会に出席していた私はこう言った。「我が大学は明治七年に東京女子師範学校として昭憲皇太后により創立されて以来、ずっと女子教育を行ってきた。この伝統は憲法で云々すべきものではない。そもそも差別ではなく区別であり、我が大学最大の個性なのだ」。皆が深くうなずいた。

調子に乗った私は付け加えた。「私が晴れて女風呂に入れる日までお茶大には男子を入れない」。数秒ほどシーンとして、話題が変えられた。

昨年の衆議院選挙後、東京十三区の有権者数は鳥取一区の二倍なのに、定員がともに一名というのは違憲ではないか、との訴訟がおきた。一票の値打ちが不平等というのだ。今年になって名古屋高裁が「違憲状態」と判断した。このまま放置すると違憲とする、という意味だ。

憲法とはその国の最高法規であるから、すべての法律や条令はそれに従わなくてはならない。根本的問題は、憲法が言葉で書かれているため、意味があいまいということだ。例えば平等とは何か。誰も定義を述べることができない。

東京都の有権者数は鳥取県の二十倍だから、国会議員の定数も二十倍でいいのか。それでは都道府県の平等は保たれず東京中心がさらに進んでしまう。平等が不平等を生むのだ。それを憂慮してアメリカの上院議員は人口にかかわらず各州二名と定められている。

大学入試選抜でも、点数で足切りするのが公平と日本では考えられている。ケンブリッジ大学の入試に携ったことがあるが、地方公立高校の生徒は、有名パブリック・スクールの生徒より多少点数が下でも合格させる、などということがあった。すぐれた教師や設備の揃った（そろ）エリート校に比べ、はるかに劣った環境の中でそれだけの点を取った、という潜在能力の高さに期待したのである。平等、公平、学力……、何をとっても定義はあいまいだ。どこから見るかで決まる。

憲法を頂点に法体系が広がるというのは、公理があってそこからあらゆる定理が導かれる、というユークリッド幾何学に範をとったものだろう。論理的に整然として美しいからだ。ただ数学の場合は、点や線の定義から始まるが、通常言語で書かれる憲法はそうはいかないから、完璧（かんぺき）なものにはなり得ない。スタート点となる定義が曖昧（あいまい）なら、そこから厳密に論理的に進んでも、万人の納得する結論には到達しないのだ。

よくある違憲論争とは字句解釈論争、すなわちワードゲームと言ってよい。憲法との整合性を保つため立法や法改正には時間が非常にかかる。どう考えても必要な自衛隊が、現行憲法ではどう考えても違憲、という状態を半世紀も議論していてどうにもならないほどだ。だから我々は極力法改正を避け、法解釈や行政指導などで切り抜けてきた。

自衛隊の存在と活動はほとんど法解釈という名の国家的欺瞞（ぎまん）の結果なのだ。いっそイギリスのように、成文憲法なしで、山ほどある法律や公序良俗、良識などに基づいて物事を解決して行けばよいのではないか。論理的にガチガチ進むより日本人に向いている。

十七条憲法の「和をもって貴しと為（な）す」を国の精神とし、あとはイギリスのように進めばよい。不毛なワードゲームがなくなるし、「違憲」と鬼の首を取ったように言い募る人もいなくなる。

（二〇一八年四月五日号）

フニャフニャを夢みて

中学と高校を通じてサッカー部にいた。フェイントを絡ませつつ敵の守備陣をくねくねと突破する華麗なドリブルは私の専売特許だった。

身体を左右に曲げたり膝や足首を柔軟に屈伸したりしながら次々に抜いて行くのを見ていたチームメートの一人に、「藤原は身体が柔らかくていいなあ」とうらやましがられたことがある。ドリブルする時の彼はいつも棒のように身体が突っ立っていた。

ところが高一の夏の合宿で練習前の柔軟体操をしていた時、彼が「何だよ藤原、ふざけてるのか」と私に言った。地面に坐り脚を伸ばした私の後から、彼が背をぐいぐい押しているのに、前に伸ばした私の手が膝下までしか届かなかったからである。彼の手は背を押されなくとも足先に届いた。スポーツ動作の柔軟性と身体の柔軟性は関係のないこと、そして自分の身体が極端に硬いことをこの時初めて知った。

身体が硬いのは両親からの遺伝と思う。やはり高校生の頃、家族で足を前に蹴上げた時にどの位上がるか競ったことがある。父は何度やっても四十センチほど、母はたったの三十センチほどという惨めさだったからその不恰好さと相まって子供達に爆笑された。

柔軟性のことはそのまま忘れていたが、五十歳の頃、テニスのダブルスの試合中、コートチェンジで若い頃のようにネットを飛び越えたら、シューズがネットをかすめ胆を冷やした。足が上がらなくなっていたのだ。

身体を柔軟にしようと女房に誘われるまま市のヨガ講座に参加した。三十人ほどの中年男女がまず基本ポーズを習う。皆が軟体動物のようにポーズを決めるのに、私一人が指示通りにできずもがく。辱めを受けに行くようなものと、それっきり行くのを止めた。

また、六十歳の頃、タクシーに乗ろうとガードレールを飛び越えたら、靴がてっぺんをかすった。ぞっとして、以後二度とすまいと誓った。

十年ほど前、女房とベトナムのメコン川見学ツアーに参加した。女房が「あなたの先祖はきっとメコンデルタ辺りの原住民か北京原人」としきりに言うから興味があったのだ。美女はいたが、私ほどの男前は無論メコンのどこにもいなかった。ただ、ツアーに参加していた身体の硬そうな七十歳ほどの男性が、幅五十センチほどの木橋を渡る時、私のすぐ前でフラッとしたかと思うとドボーンと水に落ちたのである。水深七十センチという理想的深さだったからずぶ濡れになっただけだが、身体が硬いとふらつきやすくなるという。

　私も歩行中に時々ふらつくし、ここ十年ほどは腰痛、肩こり、背痛などによく襲われる。マッサージ、鍼灸、医者などに行くとストレッチを勧められる。筋肉が硬くなると関節への負担が大きくなって痛みが出たり、血行阻害が起きたりするという。ストレッチで筋肉をほぐすと血行がよくなるから代謝が上がり、疲労が回復し、リラックス効果もあるらしい。血圧が下がり免疫力も上がるという。ストレッチをすれば死にそうもないということだから、最近は一日に十分間はそれに費している。

　ただささほど効果が上がっているような気がしない。息子達の前で足を上げても股を裂けるほどに開いても失笑される。筋肉が悲鳴を上げるまで強くストレッチするのが悪いらしい。ゆっくり時間をかけ、息を吐きながら、無理せず続けるというのがコツと専門家は言うが、私のようにサッカーをしていた者にとってはそれが難しい。もうダメだ、となってからどの位頑張るかが運動部の真骨頂なのだ。つい、息をつめウンウンうなりながらゴイゴイやってしまう。時には貧血を起こしたり、筋肉がつったりする。こんな調子だから今も、和室で正坐はもちろん胡坐もかけない。

そんな私を見て女房は「転んで骨折、そのまま寝たきりというのは男性に多いそうよ」と言って脅す。若い頃は気にならなかった身体の硬さが妙に気になるようになった。フニャフニャを夢みて、朝昼晩夜のストレッチに精を出し、朝と夜には酢を欠かさない。

(二〇一八年四月一二日号)

京都、伝統の底力

毎年、三月末から四月初めにかけて京都へ花見に行く。京都の桜が東京より少し遅いのをいいことに、両方を満喫するという欲張った年中行事である。京都のあでやかな桜は寺の黒ずんだ建物や瓦（かわら）とよく調和して格別である。はかない桜と久遠（くおん）の寺が互いを引き立てている。今年は四月一日に京都へ行った。洛中（らくちゅう）の桜はすでに満開を過ぎ、風が吹くたびに桜吹雪が宙を舞っていた。東京と同じくあっという間に満開となり、あっという間に散り始めたらしい。洛中より遅い洛北の寺の桜を二日ほど見てから、桜をあきらめ街中へ出た。四条あたりをぶらぶらしていたら「京都市学校歴史博物館」という看板が目に入ったので見学した。

一昨年、紅葉の頃に京都を散策していたら、御所のすぐ東に風格のある門構えの校舎があり、大部分はすでに取り壊されていた。門に鴨沂（おうき）高校と書いてある。名門進学校なので名は知っていた。調べると明治五年に新英学級及女紅場として創立された我が国最古の女学校であった。森光子、山本富士子、加茂さくらなどの通った学校でもある。伝統ある校舎の大部分があっさり解体されていたのにショックを覚えた。

平安神宮の近くを散策していた時も、趣きのある校舎を発見した。瀟洒な新洞小学校という明治二年に創立された我が国最古の小学校の一つだった。本館だけを残し残りは消えていた。近所の人に尋ねると、子供の数が減ったので近くの小学校に統合されたという。

早速電話で、京都市役所に二つの校舎の保存を陳情した。答えは要を得なかった。特に新洞小学校は、「地元の人々が作ったもので市では口出しできない」と不思議なことを言った。博物館に足を踏み入れたのは、その不思議さが胸に残っていたからである。

博物館で不思議が氷解した。幕末維新は千年をこえる都、京都にとって応仁の乱以来の大危機だった。禁門の変（一八六四年）により、洛中の半分は焼かれたうえ、復興もせぬうちの遷都で、天皇、公家、高級武士などは続々と東京へ移り、幾多の商人もそれを追って京都を離れた。七万戸が五万戸に減った焼け野原の京都で、人々は復興には勧業政策と並び人づくりが最優先と考えた。早くも明治二年には京都中心部を六十余りの番組（学区）に分割し、それぞれに住む町衆が小学校を作った。新洞小学校は第三十三番組小学校であった。まだ文部省もない頃だった。建設や運営には府から援助もあったが、大半は竈金（かまどきん）と言って、子供がいようがいまいが竈のあるすべての家からの献金、そして商家からの大口寄付によった。

　江戸時代に石田梅岩が烏丸（からすま）御池あたりの私塾で講話した石門心学と呼ばれる商人道を、心学講舎や寺子屋で学んだ商人が多くいたのが力となった。石門心学では質素、倹約、正直、勤勉により富を蓄え、その富を社会に還元するよう教えていたからだ。番組小学校の教課内容は読解、暗誦（あんしょう）、習字、算術だった。

　明治二〇年頃からは、京都再興に必要な染め物、織物、焼き物職人を養成するため、日本画も取り入れられた。こうした教育により、上村松園、安井曾太郎（そうたろう）、梅原龍三郎（りゅうざぶろう）、堂本印象、北大路魯山人（ろさんじん）などの芸術家を輩出した。

　明治五年に福澤諭吉は番組小学校を見学し、女性に英語や手芸、裁縫などを教える新英学級及女紅場にも立ち寄っている。

「ここの生徒には華族、士族の娘もいれば、商工業に従事する者の娘もいる。（略）花の如く、玉の如く、愛すべく、品よく、まことに女らしさを備えている」と書いているからよほど感銘を受けたのだろう。そして最後に「学校で庶民を教育することは私の積年の思いだった。（略）この学校を見て感動しない者は報国の志のない人間だけだ」と書いている。

苦境の中で京都人が、行政に頼らず自分達の力で断固として人づくりに邁進したのには、福澤ならずとも頭が下がる。これが千年の伝統の底力なのだろう。我が国の教育予算は今、小中高大ともＧＤＰ比で先進国中最低である。

（二〇一八年四月一九日号）

扱いにくい人々

　サッカーのWカップを二カ月後に控え、日本代表チームのハリルホジッチ監督が解任された。三年ほど前に就任した時、「体脂肪率十二％以上の選手は代表に選ばない」と言った。これで大丈夫かなと思った。アメリカやフランスなどでは、そのような高圧的な言葉をよく聞くが、英国とか日本のような国ではものごとをもっと控え目に言うことになっているからだ。

　そもそも％で切るのは不合理である。体脂肪率が上がると一般的には持久力が低くなるが、個人差が大きく、体脂肪率十一より十三の選手の方が持久力の高い場合だっていくらもある。合宿中の外出を許さなかったり、選手を仲間の前で面罵したりもした。

　選手が記者会見で話すことを好まず、何を話したか克明に調べた上、采配を批判した選手は次に代表に呼ばなかったともいう。高圧的に出ることで畏怖心を抱かせ、選手を完全な支配下に置きたかったのだろう。日本に来る前の十年間のほとんどをアフリカや中近東で監督をしていたから、日本でも同じやり方でよいと思ったのではないか。

ビジネスで世界を飛び回っていた友人は、「アフリカ人ほど時間を守らず、約束を守らない人間はいない」と言っていた。正反対に日本人は「他人に迷惑をかけない」というのが幼い頃からの躾の中心だから、恐らく世界一時間や約束を守る人々だ。上からの命令に忠実に従うという点でも世界一ではないか。上意下達の封建時代が長かった上、個人主義が発達せず、幼稚園の頃から協調性ばかり言われているからだ。

トルシエ元日本代表監督も、日本に来る前の数年間、監督としてアフリカにいたからハリルホジッチと同じように選手に高圧的に接し、感情的に理屈を並べ立て失敗した。共にフランス系だ。

日本人は高圧的に言われてもすぐには反発せず従順に従うが、心の中で次第にわだかまりを大きくさせる。たとえ理屈が通っていても、頭ごなしに言われれば傷ついたり秘かにへそを曲げたりする。それが長く続くといつか限界を超え、爆発するかやる気をなくすかのどちらかとなる。忖度という芸を知らない外国人にとって日本人はすこぶる扱いにくい人種なのだ。

アフリカでなら高圧的に出れば力を発揮してくれ、アメリカや中国でなら給料五割増というような餌を示せば目の色を変えて頑張ってくれようが、日本人ではどちらもだめだ。日本人を献身的に頑張らせるものは、脅しでも理屈でも金銭でもなく心情である。仕事への使命感や、上に立つ人への信頼や敬愛などが必要である。

日露戦争時の日本陸軍は、白兵戦において、日本兵三名でロシア兵二名を倒す、という計算をしていた。体格の圧倒的劣勢を克服するにはそれくらいの人数的優位が必要ということだ。戦いの火蓋が切られると、日本兵は一対一でロシア兵を制した。祖国の存亡をかけた戦いという使命感に燃えていた。旅順攻略などでは、全兵士が乃木将軍のためなら死んでもよい、と思うほど乃木を敬愛していた。一方、最前線のロシア兵のほとんどは農奴、ポーランドなど植民地からの人々、罪人などで、後方に控える将校達（ロシア貴族）のために生命など捨てられるか、という気持だった。

トルシエ元監督は国民的人気と実力のある中村俊輔(しゅんすけ)をW杯メンバーから外し、ハリルホジッチ監督は香川、本田、岡崎などを外した。これで国民の支持を失い、選手は非情さに心を凍らせた。昨年暮のE－1選手権で韓国に惨敗(ざんぱい)した直後、ハリルホジッチ監督は「初めから韓国の方が上と思っていた」と発言した。これで選手の心が完全に離れたはずだ。先日のマリ戦とウクライナ戦では選手達の目が死んでいた。選手間にわだかまる不平や不満を、言葉で伝えられていなかったハリルホジッチ監督にとって解任は青天の霹靂(へきれき)だっただろう。

世界中でもっとも従順素直で礼儀正しい日本人が、もっともデリケートで、限度を超すと前触れもなく爆発するという、もっとも面倒臭い国民であることを監督は知らなかった。

（二〇一八年四月二六日号）

選択という地獄

お茶の水女子大を辞める前の十年間ほど、数学の講義に加え、主に文系新入生向けの読書ゼミを持っていた。
山川菊栄（きくえ）『武家の女性』（岩波文庫）を読んだ時のことだった。人生のほとんどを夫と子供に尽し家庭を守ることに専念した下級武士の女性を、羨（うらや）ましいと感じた学生達が多くいたのに驚かされた。綿を農家から買ってきて紡（つむ）ぎ、染め、織り、縫うなど貧しい中でやりくりし、外出もままならず、時には夫が家に妾（めかけ）をおくことさえあったにもかかわらず、彼女達の立ち居振る舞いに自信や誇りや幸福を感じたからである。

　現代の価値観では理不尽、不合理、不自由、不平等という状況なのに、「江戸の女になりたい」などという学生まで現れた。自分を捨て、惻隠や献身をもって他者のために生きる社会が、自由とか公平の下で自分のためだけに生きる社会に比べ、はるかに穏やかで幸せなものと彼女達の目には映ったようだった（拙著『名著講義』文春文庫）。

終戦後、アメリカニズムが我が国に導入され、幸せを最大にするには自由を最大にすること、自由を最大にするには選択肢を最大にすること、という考えが今日に至るまで日本を覆っている。自由を経済面で徹底的に追求した新自由主義・グローバリズムは世界に広がったが、幸福感はどれほど広がっているのだろうか。人々は自由競争という名の下の激烈な競争に疲れ果て、潤いのない社会に幻滅している。途方もない数の、しかも情報化により時々刻々変化する選択肢を前に、絶え間ない決断を迫られている。

選択は苦痛でもある。サラダドレッシングを売るスーパーでは、それが百種類あるより三種類しかない方がよく売れる、という話を聞いたことがある。百種類では客が選べないという。

私自身、ケータイを買いに量販店に行った時、とりあえず店員に「色々なことのできないケータイを下さい」と言う。電話とメールの送受信ができればよいのに、百種類もの中から選ぶのは時間がかかるし苦痛でもある。コーヒー豆を買う時も同じだ。モカ、キリマンジャロ、コロンビア、マンデリンなどと数十種類もある中から選ぶのは私にとって不可能だ。店員に「どれが美味しいか」と聞いても「好みですので」と答えるに決まっている。そこでいつも「この店で一番売れている豆を下さい」と言うことにしている。自分で決めるのが大変なので他人に決めてもらうのだ。

日本やアメリカの学生と進路についてじっくり話しこむと、「将来どうしていいか分からない」というなだれる者がよくいた。涙ぐむ女子学生もいた。将来の選択肢がほぼ無限にある中で、どれを選ぶかはケータイやコーヒー豆とは違い、人生を決定するような選択であり大変なストレスを伴う。その分野の将来性は分からないし、そもそも自分が何に向いているかは大学生や大学院生になってもなかなか分からない。

読書ゼミの学生達に授業中、「夢は何ですか」と聞くと、多くが「夢などありません」と答えた。青春とは夢を抱く時代と思っていたので驚かされた。無限の選択肢を前に、無限の可能性に胸ふくらませているかと思えば全くそうではなく、むしろジリジリと選択を迫られる辛さに耐えかねているふうだった。

親の決めた人と結婚し、嫁ぎ先では与えられた役目をひたすら全うすることで充実感や幸福感を持っていた武家の女性を羨望したことに通じているのだろう。『国家の品格』でも述べたが、民主主義は国民に政治、経済、外交、社会などの勉強と選択を求める。これが苦痛だから時折、何でも決めてくれるヒトラーのような独裁者が民主主義下で選ばれる。選択肢の多いことイコール自由イコール幸福、というのは欧米のばらまいたフィクションに過ぎないのだ。

それに選択肢が多いと、選択した後になっても他を選べばよかったかも、と悩んだり後悔することにもなりやすい。私の結婚とは無関係の話だ。

（二〇一八年五月三日・一〇日号）

第四章　孤高の日本を忘れた現代日本

藤原家、走る

三男がフィレンツェの教会で結婚するというので、四月下旬にイタリアまで行った。「教会？　藤原家は諏訪の浄土宗正願寺(しょうがんじ)の檀家(だんか)総代を代々務めてきた家だぞ。結婚なら仏前か神前だ」と何度も諭したが、末っ子だけに親の言うことを聞かなかった。

こちら側の出席者は私達夫婦とイギリスに住む次男の三人だけである。ホテルから教会まで一キロくらいなので、当日は三人で歩いて向かった。戸主の私が先頭でしばらく歩いた時、後ろから「あっ」という次男の低い声が、さらに一秒ほどして女房の高い声が聞こえた。振り返ると女房が右の脇道(わきみち)に向けて走り始めている。その十メートルほど先を見ると、次男が猛然と走っている。何かが起きたと思い、とりあえず私も二人を追いダッシュした。と、ジーンズ姿の若い女を捕まえ次男が怒鳴っている。やっとスリと分かった。

私に似て駿足（しゅんそく）の次男が三十メートルも走らされたのだからこの女もかなりの駿足だ。逃げようと暴れる女を次男が大外刈りで投げ飛ばした。やっと観念したらしい女の襟首をつかみ壁に押しつけた時に私が到着した。

犯人は女二人組で、一人が次男にぶつかると同時にもう一人が次男のショルダーバッグのファスナーを開け中味を鷲掴（わしづか）みしたらしい。

ぶつかり方に違和感を持った次男がバッグを見ると開いている。脇道を早足で去る二人組の一人の手から自分のイヤホーンが垂れているのが見えた。次男が追いかけその女を捕まえ取り戻そうとすると、女は素早く隣の俊敏な方に手渡した。計画通りなのだろう、手渡された女は脱兎（だっと）の如（ごと）く走り始めた。逃げながら時間稼ぎのためか盗んだ次男の財布やケータイを次々に投げ棄（す）てたが、騒ぎを聞きつけて集まった人達が拾ってくれた。肌の浅黒い二十代の、猛獣のような目つきの女を壁に押しつけ、正面から次男が首を、左腕を私が、右腕を女房が摑んだ。筋肉質の腕だ。女は「オーケー、オーケー」と叫ぶ。次男が「一体何がオーケーだ。お前はこれから刑務所へ行くんだ」と怒鳴る。

三人の正装した東洋人がスリを捕まえたということで人が集まって来た。その中から私は、初めから現場にいた一番の美女を選び「警察を呼んで下さい」と頼んだ。「すぐに呼びます」ときちんとした英語で答えた。一部始終を立ち去らずに見ていたということは、私達に同情しているか私に惚(ほ)れてしまったということだ。警察に証言もしてくれるだろうと思った。

女は時々、手をふりほどこうと暴れた。すごい力だ。私は大声で「我々は日本人だ。日本人はこういう行為を絶対に許さないからな」と言った。盗(と)られてもすぐに諦めてくれる日本人をカモとしか思っていないこの連中に、二度と日本人に手を出させないためだ。右手で女の上腕を、左手で手首を握っていた私だったが、女の手首に動きを感じた。下を見ると女の左手の指が小刻みに動いている。左手で握っていたケータイを指先で打っていたのだ。援軍を呼ぼうとしている、と考えた私はケータイをもぎりとった。

警官四人が駆けつけた。テロ警戒の軍警察だった四人は女を逮捕するでもなく突っ立って囲んでいるだけだった。五分ほどしてパトカーが来た。私のために少しでもつくしたい美女が両方に電話してくれたのだ。彼女は目撃者として、警察に事情を説明してくれさえした。女性警官がパトカーの陰で女の身体検査を始めた。

側の中年女性に「あの女はイタリア人?」と訊くと、「ロマよ」と答えた。いわゆるジプシーだ。物乞いやスリの大半はロマだからイタリア人から毛嫌いされている。

警官による次男と女への聴取が始まった。我に返った私は結婚式を思い出した。事情聴取されている次男を現場に残し私達二人は教会へ急ぐことにした。美女のところへ行き「いろいろありがとう」と言うと、潤んだ(と思えた)目で私を見つめ微笑んだ。結婚式には二十分遅れだったが神父さんが待っていてくれた。式中、両手から女の汗まみれの香水の匂いが鼻腔に入って参った。

調書に時間をとられた次男が、「せっかくイギリスから来たのに弟の結婚式に参列できなかった」と警官にこぼしたら、「結婚なんかするもんじゃないよ」と言われたという。イタリアだった。


(二〇一八年五月一七日号)

コメ　プリマ

四月に三男がフィレンツェで結婚式を挙げた。ホテルから式場の教会へ向かっていた私達夫婦と次男の三人連れがスリに襲われたこと、追いかけ捕まえ、盗まれたものを取り返し警察につき出したことは前回記した。翌朝、トスカーナ地方を見たいという三男夫婦の意向に沿い、家族五人で一泊ドライブ旅行に出かけた。車の右側通行に慣れている私が運転手、トスカーナに何度も来てここの歴史や美術に詳しい女房がガイドだ。

トスカーナは、ルネサンスの中心地であり、ダ・ヴィンチ、ミケランジェロ、ラファエロなどの活躍の舞台である。十分も走ると田園に出た。ゆるやかな起伏は四月下旬というのに早くも鮮やかな新緑で覆(おお)われ、南に向かうにつれオリーブ畑、ブドウ畑が多くなる。緑一色の大地に時折の菜の花畑が色を添える。道に沿い直立不動の糸杉が行儀よく一列に並んでいる。この地が多くの芸術家を輩出したのにはこの美しい自然も一役買っているのだろう。映画「ライフ・イズ・ビューティフル」の撮影地アレッツォを見てからモンテプルチャーノに向かった。一面に広がる丘陵の、一つの丘の上にある小さな城塞都市である。赤い屋根が美しい。赤ワインの名産地として名高い。

町をめぐる城壁をくぐった所の安ホテルに荷を下ろすと、すぐに通りに出た。町は急勾配の通りに沿っていて、両側にはワイン屋、チーズ屋、石鹸屋、蜂蜜屋、モザイク屋など小店舗だが興味深い店が続いている。狭く陰気な脇道に入ると、城壁越しに、オルチャ渓谷の緑の起伏がはるか遠くまで続く。

五人で中世の雰囲気漂う街並を散策しながら、とある革製品屋に入った。五十歳ほどの眼鏡をかけた店主に尋ねたりからかったりしているうちに親しくなった。笑って気分がよくなったのか彼は歌を口ずさみ始めた。往年流行したカンツォーネ「コメ　プリマ」だった。すぐに唱和した。

中学校時代の私は恐ろしい記憶力で、何語の歌でも三、四回聞けばそのまま覚えてしまったから、イスタンブールではトルコ語で「ウシュクダラ」を政府高官と、アムステルダムではアルゼンチン移民の給仕とスペイン語の「ベサメムーチョ」を、という具合に世界中で唱和する。皆大喜びする。

「コメプリマ　ピューディプリマ　タメロ　ペルラヴィタ　ラミアヴィタ　ティダロ……（昔のように　昔よりももっと　君を愛そう　生きている限り　我が人生を君に捧げよう……）」。かつて愛した女性と再会した男の歌だ。上機嫌の彼がまけてくれたので、女房、三男夫婦がそれぞれバッグを買った。買い物ついでに手頃なレストランを尋ねた。ホテルの紹介するところは外れが多いから、買い物に入った店で聞くことにしている。この店主は「安くて味が最高の店がありますよ。よければ予約を入れましょう」と言ってくれた。五百メートルほど上った所の店だ。夜七時半の開店まで半時間ほどあるので、通りを少し下った店々をひやかしてからレストランに向かうことにした。

　そろそろ時間かと歩きはじめると、薄暮の四辻に二人の男が立って談笑している。と、一人が私達に手を振った。笑顔だ。革製品屋の店主だった。五メートルほどに近づいた時、店主がいきなり「キス　ミー　プリーズ　マダム」と女房に笑いながら言って人差し指で自分の左頬をつついた。「何だこのオヤジ、他人の女房に」と思った瞬間、目を疑うことが起きた。女房がさっと歩み寄り店主の左頬にキスしたのだ。

家族四人がポカンと口を開けていると、店主が右胸のポケットから一万円札をひらひらさせて女房に手渡した。店で財布を買おうとした女房が、幅の広い一万円札がきちっと入るか試したまま抜き出すのを忘れてしまったのだ。東京で頓馬(とんま)なら、トスカーナでも頓馬なのだ。どこか腑(ふ)に落ちない私を除く皆が吹き出した。嫁に貞淑を教えねばならぬ姑(しゅうとめ)が、率先して不貞に走るとは、と慨嘆していたら嫁が、「まるで映画の一シーンのよう」と言った。

(二〇一八年五月二四日号)

大浮かれ

シチリア島を一週間余り旅行して困ったのはニュースが入らないことだった。ホテルに数十あるチャンネルはほとんどすべてイタリア語で、英語はＣＮＮのみだった。西欧のホテルなら入るはずのＢＢＣが入らないので、仕方なく毎朝ＣＮＮを、品の悪いリチャード・クエストの英語を我慢しながら聞くしかなかった。

パレルモで、「朝鮮半島の完全非核化」が南北首脳会談の共同宣言として発表されたのを知った。金正恩(キムジョンウン)委員長と文在寅(ムンジェイン)大統領がニコニコ顔で握手していた。朝鮮半島の完全非核化の具体的内容や期限については何も触れていないので狐(きつね)につままれたような気分だった。

欧米の声は歓迎一色だった。金正恩氏の常軌を逸した言動に無関心な欧米だったが、北朝鮮の核ミサイルが自分達に届くようになって急に神経を尖(とが)らせ始めていた。

よほど安堵したのだろう。祝福に次ぐ祝福の最後に、「日本政府は、この共同宣言を疑いとともに注意深く見守る、と述べた」と付け加えられた。ホッとした。拉致問題や六カ国協議などで、繰り返し繰り返し欺されてきた日本が、欧米のように無邪気になれるはずもないのだ。

　当事者である日本の猜疑心が伝わったことは、脳天気に浮かれるヨーロッパに頭から冷水をぶっかけた感があり喜ばしかった。ところが、トランプ米大統領までが北朝鮮問題の進展は自分の成果と自慢し、聴衆の「ノーベル賞」の声にすっかり浮かれている姿をニュースで見た。中国と北朝鮮タッグの寝技に持ちこまれたと頭を抱えた。

　五月初めに帰国したら、日本だけが平和への急速な動きから置いてきぼりを食ったような記事が多く驚いた。ふと一九二〇～三〇年代のヨーロッパを思い出した。

　第一次大戦後のヴェルサイユ条約（一九一九年）で戦勝国は、ドイツに対し極端に厳しい措置をとった。このためヴェルサイユ体制打破を掲げるヒトラーが、国民の圧倒的支持により独裁的指導者となった。一方の戦勝国側の英仏には、ドイツに突きつけた要求が少々厳し過ぎたから戦後復興を助け、軍備強化を少しは認めてやってもよい、という良識派が出てきた。この辺りはカズオ・イシグロの『日の名残り』に描かれている。

それに英仏は、強いドイツはソ連の共産主義に対する防波堤として役立つとも踏んでいた。そして何より第一次大戦の後だけに、「戦争だけは何が何でもイヤ」でどこの国民も一致していた。

だからミュンヘン会談（一九三八年）で、英仏伊はドイツの要求するチェコのズデーテン地方割譲を認めたのである。チェコを無視したとんでもない代物だったが、戦争が回避され平和が訪れたとヨーロッパは喜びに包まれ、立役者のチェンバレン英首相は英雄のごとく讃えられた。一方、法外な要求を呑ませたことでドイツ国内でのヒトラー崇拝はますます高まった。ヒトラーは一年後にポーランドに侵攻し第二次大戦が始まった。

米朝会談により朝鮮半島から核や戦争の危険がなくなる、と喜ぶ姿があの頃と重なる。米朝会談は米側に本質的に不利なものだ。北朝鮮の「米国が持つ核を我々が持ってどこが悪い」が正論だからである。米は核拡散防止条約（ＮＰＴ）を持出す他ないが、これ自体が核保有国と非核保有国の間で著しく不平等な条約である。

それに米の「北の完全かつ検証可能で不可逆的な非核化」はほぼ無意味な言葉だ。プルトニウムなどいくらでも隠せるし、一度作ったものは何度でも作れる。北朝鮮は米国の本質的弱味をつき、非核化の代償として在韓米軍の撤退を求めるだろう。こればかりは米は受け入れられない。そこで米は譲歩を迫られ、体制保証および制裁解除と引換えに、長距離ミサイルの完全廃棄で手を打つ恐れもある。米にとってはそれでよいが、日本に到達する中距離ミサイルは残るから、我が国にとっては最悪だ。この会談によいシナリオを描けない根本的理由は、北朝鮮に理があるからだ。しかしながら、平和のためには理のある方を潰(つぶ)さなくてはならないこともある。今は話し合いの時ではない。経済制裁で締め上げる時なのである。

（二〇一八年五月三一日号）

行くんだ、お前は若い

フィレンツェでの三男の結婚式後、私はまだ行ったことのないバルカン諸国でも回ろうかと考えていたが、女房にあっさり拒否された。シチリア島がよいと言う。料理は美味、風光は明媚（めいび）、それに世界遺産が世界で一番多いイタリアだが、この島だけでフィレンツェを擁するトスカーナ州と並び七つもあるという。

世界遺産に興味のなさそうな私を見て、すかさず「アルキメデスはシチリアのシラクサ出身よ」とたたみかけた。紀元前三世紀にここで生まれた彼は、浮力に関するアルキメデスの原理を発見したばかりか、てこや重心の原理をも発見した。数学でも積分の考えに到達していた大天才である。シラクサを占領したローマ軍兵士が家に踏み込んだ時、砂に描いた図を見ながら考えに没頭していた彼は、名を問われても答えなかったため殺された。最後の言葉は「図を消すな」だったというから余りにも格好よい。

私を黙らせたのは、女房の「あの『ニュー・シネマ・パラダイス』は舞台も撮影もシチリアよ」だった。この映画はかなり前に見てとことん感激したものだ。

第二次大戦が終わって間もないシチリアの小さな村で、母と妹と三人で暮らしている少年トトと、村の唯一の娯楽施設である映画館で働く初老の映写技師アルフレードとの、心暖まる友情を描いた作品である。青年になった彼は火事で失明したアルフレードに代わり映写技師となり家計を助ける。そして美少女エレナと初恋に落ちる。失恋し、落込んだトトは、ローマへ旅立つ。彼の映画への熱情を知り、その大きな飛躍を期待するアルフレードは、駅頭で傷心のトトの頬を両手ではさみこむようにして諭す。

「この場所から出ろ。長い年月帰るな。今のお前は俺より盲目だ。人生はお前が見てきた映画とは違う。困難なものだ。行くんだ。お前は若い。もうお前と話したくない。お前の噂を聞きたい。帰って来るな。俺達のことを忘れろ」

ローマに出たトトは、エレナを忘れられなかったのか独身を通し、映画監督として大成する。そんなある日、シチリアの母親からアルフレードの死が伝えられる。

葬儀のため三十年ぶりに帰った故郷でトトは母親に言う。「昔のことは忘れたと思っていた。帰って来たら何も変わっていない。ずっとこの村にいたようだ」。そしてエレナに再会する。最後の五分間は涙なしには見られないものだ。

シチリアをレンタカーで回ることを了承した。シラクサにアルキメデスゆかりのものはほぼ何もなかった。紀元前一世紀にローマの哲学者政治家キケロが「ギリシア都市の中で最も美しい」と評したそうだが、豪壮優美だったはずのギリシア劇場、ローマ劇場、アテナ神殿などは今やすべて遺跡となっている。アルキメデスの墓は、十キロ以上も歩き回り十人以上に尋ねたが見つからなかった。あれほどの大天才なのにと落胆した。

「ニュー・シネマ・パラダイス」のロケ地の一つチェファルーは、州都パレルモから電車で一時間余りの、小さく可愛(かわい)らしい町である。世界遺産となっている大聖堂を見てからロケの行なわれた海岸に出た。四月下旬というのに、小さなビキニの娘達や大きなビキニのおばさん達が大勢いた。もしかしたら男達もいたかも知れない。小さい方を食い入るように見つめていたら女房が、「ほらあそこよ、映画で屋外スクリーンのあった所」と波止場を指さした。

波止場からチェファルーの青い空にそそり立つ岩山を見上げると、頂上に石積みの要塞が見える。山狂いの女房がすぐに登ろうと言った。海抜三百メートル足らずだが急坂の連続で、大変だった。

頂上から見下ろすと、チェファルーの赤い屋根が青い地中海と見事に調和していて美しかった。傷心のままローマへ旅立つトトを、アルフレードが愛情を押し殺しつつ突き放すように見送った駅は、チェファルーからすぐの所だったが、複線化工事とかで一年前に壊され、跡形もなかった。

（二〇一八年六月七日号）

反則タックル

私がアメリカンフットボールにとりつかれたのは二十代の末、アメリカにいた頃である。ミシガン大学は全米チャンピオンに何度かなった強豪で、人口十一万の大学町に十一万人収容の全米最大のスタジアムを有していた。翌年移ったコロラド大学も全米チャンピオンになったことがあり、五万人収容のスタジアムを持っていた。

私はミシガンでもコロラドでも、すべての公式試合を見ることのできるシーズンチケットを購入していた。試合の行なわれる秋の土曜日の朝、ファンファーレや応援歌が拡声器で町中に流されると、居ても立ってもいられなくなるのだった。自大学だけでなく他大学の花形選手名まで覚えていたほどだ。コロラドでは私のクラスの百九十センチ、百キロほどの学生（数学はダメだった）も出場していた。

先日の日大対関学大のフットボール試合で、日大選手が関学大のQB（クウォーターバック、パスを投げたりする攻撃の要）に反則タックルをかけ入院となるケガをさせた。パスを投げ終え無防備となったQBの背後から猛烈なタックルをしかけたのだ。全治三週間ですんだからよかったが、脊椎を傷め一生寝たきりになりかねなかった。

タックルする方は急には止まれないから、パスを投げた直後のQBにタックルすることはよくある。しかしビデオを見ると、QBが投げたのを見てから、十メートル余りも走ってのタックルだった。こんなのは見たことも聞いたこともない。監督やコーチに「QBを潰せ」と指示された、と騒ぐ人もいるようだが的外れだ。これ位の言葉は他のスポーツでも試合前にしばしば言われていることだ。

アメリカでは、試合当日の新聞に「奴等の息の根を止めろ」などと出ていたし、試合中は可愛い娘や中年婦人までが、「やっつけろ、殺せ」などと怒鳴っていた。中高生の頃にサッカー部だった私だって、強敵との試合を前にチームが萎縮している時など、円陣で「敵の脚を二、三本折って来い、いいか」などと仲間に気合を入れた。「ぶっ潰して来い」などはいつも聞く言葉で、それを文字通りに受け取る選手など世界中に一人もいない。

日大の選手が文字通りに受け取ったのは、練習に出さなかったり、「学生選抜を辞退しろ」と圧力をかけた上で、「一プレー目で潰して来い」「潰さないと意味ないよ」「QBがケガすれば秋の対関学定期戦は楽だろう」などと陰険かつ執拗に追いつめたからに違いない。この事件は内田監督とコーチが誠実に謝罪し辞任すれば一件落着となったはずだ。ところが監督が保身を図ったことでメディアが飛びついた。

監督が日大の常務理事、すなわちナンバー2と知って沸き立った。さらには関東学生アメフト連盟が選手達の事情聴取などにより、監督と当該コーチを除名処分にしたのに、人事権をもつ理事会は第三者委員会で調査の後に判断を下すとした。

第三者委員会のインチキぶりはよく知られている。第三者委は通常、不祥事のあった企業や組織によって作られ、委員はそこから報酬を受ける。正当な判断などできる訳がないのだ。最近でも東芝の第三者委は、歴代三社長の不正会計や粉飾決算を不適切会計とごまかした。相撲協会が日馬富士問題で作った第三者委も、協会執行部を守るための茶番に過ぎなかった。日大の第三者委も似たものになるだろう。第三者委とは内部委員会なのだ。

それにしても日大理事会の行動は不思議だ。小さな問題をできるだけ大きくし、メディアに叩かれるため必死に努力しているようだ。競争社会でストレスをため、「水に落ちた犬は打て」に変った国民に、自ら打たれに行っているようにさえ見える。日大で学ぶほとんど全ての真面目な学生や教職員が可哀相だ。

メディアはさらに不思議だ。ここ一年余り、モリカケ、不倫、日大と、国家国民にとってほとんど重要性のない問題に血道を上げている。アメリカの無謀で自己中心的な貿易政策、中国の南シナ海東シナ海における狼藉、ＥＵ瓦解の兆候、米朝首脳会談の危険な本質、移民急増による国柄の毀損、といった重大事から、国民の目を逸らしたくてたまらないようだ。

（二〇一八年六月一四日号）

昔の光　今いずこ

若い編集者に、ここ十年ほどで中高生間に流行（はや）った曲は何かと尋ねてみた。一つはAKB48の「会いたかった」であった。これなら私も何度か耳にしたことがある。「会いたかった会いたかった会いたかった　会いたかったYES！　会いたかった会いたかったYES！　君に　自転車全力でペダル　漕（こ）ぎながら坂を登る　風に膨らんでるシャツも　今はもどかしい……」。こんなもののどこがいいのか息子に聞いたら、「昔の歌と違って詩になっていないから、古い世代には分かりにくいけど、ピタッとくる若者にとってはドンピシャなんだ」と言う。

若い者はやはりダメだと思っていたら、ふと中学生の頃の夏休みを思い起こした。私は田舎の仏間で、戦前からあったというラジオのボリュームを上げ浜村美智子の「バナナ・ボート」を聞いていた。「デーオ　デーエオ　ティライコンマニワンドー

ホーテ　イテテ　イテテ　イテテ　イテテエーオ　ティライコンマニワンドーホー……」。これは元々ジャマイカのバナナ労働者の歌である。それをジャマイカの血を引くハリー・ベラフォンテが彼等の訛(なま)った英語を真似(まね)て歌いヒットした。それを浜村美智子が真似たものである。

私には全くチンプンカンプンなのだが、カリプソのリズムと意味不明な所が好きだった。ところが祖父にいきなりラジオを切られ、「オメエみたようなモンを太陽族というだ！」と怒鳴られた。昭和三一年に、石原慎太郎氏の『太陽の季節』が芥川賞をとってから、既成の秩序や道徳にとらわれず奔放な行動をする若者は太陽族と呼ばれていたのだ。

意味をなさない暗号のような歌を浜村美智子と気持よく合唱していた私を、田舎で小学校長を長く勤めていた祖父は我慢できなかったのだろう。小学校高学年の頃から私は、「月がとっても青いから」「お富さん」などを始終口ずさんでいた。中学に入り英語を習ってからは、エルビスやポール・アンカなどに熱を上げていた。今の若者と同様、どうしようもなかったのである。

叱(しか)った祖父は若い頃何を歌っていたのだろうか。祖父が中学校に入った明治三四年に作られた「中学唱歌」には滝廉太郎作曲の「箱根八里」がある。（箱根の山は天下の嶮　函谷関も物ならず　萬丈の山　千仞の谷　前に聳え後方にささふ　雲は山を巡り　霧は谷を閉ざす……）。よくもこんな難解なものを中学生にと思う。

同じく「荒城の月」もある。（春高楼の花の宴　巡る盃　影さして　千代の松が枝　分け出でし　昔の光　今いずこ／秋陣営の霜の色　鳴きゆく雁の　数見せて　植うる剣に　照り沿いし　昔の光　今いずこ）。土井晩翠が会津の鶴ヶ城や仙台の青葉城を想いつつ詩を作り、滝廉太郎が竹田の岡城を念頭に作曲したと言われる。

こんな歌を中学生時代に歌い、大正、昭和とこんな歌で生徒を指導してきた祖父なら、確かに「デーオ」の私を「太陽族！」と一喝したくもなるだろう。

二十歳で「荒城の月」を作曲した滝廉太郎は、翌年ドイツのライプツィヒに留学した。バッハ、シューマン、メンデルスゾーンの活躍した地だ。ある時、一ドイツ婦人に「あなたはどんな曲を作るのですか」と問われた彼は、「荒城の月」を弾いた。婦人は「何と美しい」と感嘆したという。バッハ以来二百年のドイツ音楽の圧倒的重圧に屈せず、よくぞ万葉以来千二百年の日本情緒を堂々と歌い上げた、と賞讃したい。

「荒城の月」は父の愛唱歌でもあった。せがまれると好んでこれを歌った。父の死後、母が「お父さんがアイガーの雄姿を毎日見られるように」と、父の墓碑をアルプスのクライネシャイデックの斜面に作った。家族と、父についていた編集者たちが、現地にて行なわれた除幕式で歌ったのもこの曲だった。「昔の光　今いずこ」の辺りで母は堪まらず目頭を拭(ぬぐ)っていた。

滝廉太郎はこの曲を弾いた翌年、結核に冒され帰国し、その翌年、二十三歳の若さで他界した。「荒城の月」は今、ベルギーで讃美歌となっている。

（二〇一八年六月二一日号）

死して名を残す

忠勇無双の武将は、思い付くだけでも、楠木正成、真田幸村、山中鹿之介、後藤又兵衛など、枚挙にいとまがない。皆、戦いの中で立派な死をとげ名を残した。

中国にもそんな人がいる。戦乱の五代十国時代の王彦章だ。彼は日頃から、「豹は死して皮を留め、人は死して名を留む」と言っていたが、国が滅ぼされると敵に捕われる。彼の武勇を惜しむ敵皇帝に再三帰順を勧められるが、「二君に仕えず」と断わり殺された。まさに死によって名を後世に残した。

王彦章の言葉は、時をおかず我が国に入ったようで、鎌倉時代の『十訓抄』にも「虎は死して皮を残し、人は死して名を残す」と出てくる。豹が虎に変わっている。狩野派の屛風絵や襖絵などに虎と豹は描かれたが、現物を見ていないが故に、豹は虎の雌と考えられていたようである。

死して名を残したいのは忠勇の士ばかりではない。トランプ米大統領も熱望しているようだ。実業家として金儲けに成功し、権謀術数とビッグマウスで大統領になったが、万人の認める名誉が欲しい。ノーベル物理学賞は無理のようだが、平和賞ならと考えたらしい。ノーベル平和賞が他のノーベル賞とはまったく異質の、ノルウェー政府の政治アピールに過ぎないことは知らないようだ。

策謀家キッシンジャー、核密約の佐藤栄作、「人権外交」を唱えただけのカーター、北朝鮮不正送金やノーベル賞工作疑惑の金大中、核なき世界と言っただけのオバマなど、受賞者を見ただけで、孔子平和賞と同等に意味のない賞と分かるのだが。

金大中は南北首脳会談を実現させて賞をもらった、俺だって。名は残るし、ノーベル賞を冠に戦えば秋の中間選挙も二年後の大統領選も勝てそうだ。そう考えたトランプは米朝首脳会談をしゃにむに実現させた。

会談の行なわれる三週間ほど前の本コラムで私は「この会談によいシナリオを描けない……今は話し合いの時ではない。経済制裁で締め上げる時なのである」と書いた。

柔道で相手を寝技で締め上げている最中に、相手の「まあ落着いて話しましょうよ」に乗るバカはいない。それにトランプは外交の素人で金正恩は外交の天才だ。名を残したい誘惑と選挙に勝ちたい一心から会談に応じてしまった。

案の定、出てきた合意文書は、トランプが力んでいた「完全かつ検証可能で不可逆的な非核化」もなく、実体のないものだった。金正恩の圧勝だ。金正恩は中韓米と矢継早に首脳会談し成果を上げたから、翳っていた国内人気は急上昇だ。その上トランプは、何兆円かかるか分からない非核化費用は日本と韓国が払うとまで言った。米国は払わないそうだからいい気なものだ。何もかも具体性がない中で、一つだけ具体化したのは、米韓合同軍事演習の中止である。在韓米軍の即応力低下や非核化促進への軍事的圧力低下が心配だ。習近平は「金正恩に指南した通りになった」とほくそ笑んでいるだろう。

拉致問題はこれからが大変だ。「五人返すのと引換えに五兆円の経済援助を」というようなえげつない駆け引きが予測されるからだ。全員を直ちに帰国させない限り非核化にも援助にもビタ一文出さないと早期に米朝に宣言することだ。気になるのは昨秋の米中首脳会談、先日の米朝首脳会談と米国の敗北が続いていることだ。頑なな親中反日の人、というよりむしろ中国ロビイストの如く暗躍してきたキッシンジャー元国務長官が、トランプの外交指南役となっているのが気がかりだ。北朝鮮の非核化と引換えに在韓米軍の撤退を主張する人であり、『キッシンジャー回想録』で米中主導の太平洋共同体を主張し、周恩来には在日米軍は日本の軍国主義を抑えるための存在と語った人である。

著作などにより自らを大きく見せることに長けた策謀の人、九十五歳の怪老人を、無邪気なトランプ大統領が尊敬しているから尚更だ。我が国が最も警戒すべきは、北朝鮮ではなく、アメリカの動きであり中国の動きであること、を胸に刻む必要があろう。

（二〇一八年六月二八日号）

占いの嗜み方

初孫が生まれた。昨年結婚した次男に男の子が誕生したのだ。三十代の息子三人は父親と違ってまるでモテず、藤原家もこれで絶滅かと半ば観念していたら、やっと次男が昨年、三男が今年と結婚にたどり着いた。

次男夫婦は、なるべく早く私を安心させようと頑張ってくれたのだろう、八月の結婚式、翌年六月の出産だった。親孝行だ。この初孫がまた極端に可愛い。次男は赤ん坊の頃、「比叡山の悪僧のよう」と私の兄に評されたが、孫は目元涼しく鼻筋通った美男子好男子貴公子である。「お前達の国家への貢献は、子供を沢山作り少子化を止めることしかない」と三人の息子にハッパをかけてきたから、これから孫が量産されるだろう。

英国から出産立会いのため一時帰国中の次男と女房が、パソコンを熱心に覗きこんでいる。「何だ姓名判断か」と言うと女房が、「あなたのせいで今まで名前についておおっぴらに話し合えなかったの」と言った。誕生前に性別を知ったら楽しみが少なくなる、と主張していた私を除き皆が男の子と知っていたらしい。

私の両親にはすでに孫とひ孫が六人ずつ、合計十二人いる。うち何と十一人が男で、相談をした訳でもないのに全員○○郎なのである。次男も「○太郎」と決めたらしく、○に色々の漢字をあてはめては姓名判断を仰いでいる。

次男に言った。「画数によるくらいなら桃太郎か金太郎はどうだ、元気そうでい い」「学校で笑われる」「武士の藤原家は江戸時代、咲左衛門、茂左衛門、彦右衛門という名が何度か使われた。咲、茂、彦を使ったらどうか」「武士と言っても最下級の足軽でしょ」「どこが悪い。幕末のことだが、尊王攘夷を掲げ上洛を目指す水戸天狗党を和田峠で討て、という幕命が諏訪、松本両藩に下った。我が曾祖父・光蔵の祖父、彦右衛門はこの戦いで堂々、斥候隊の足軽隊長として十八名を指揮した。しかも敵将を倒した。鏃に名が刻まれていたんだ」「矢がもう一つ刺さっていて、後から刺さったそちらに功を奪われた、というのが藤原家五代の恨みでしょ。くだらないね」。ここで女房が口をはさんだ。「天狗党の首領が武田耕雲斎、副将が田丸稲之衛門（いなのえもん）と藤田小四郎（藤田東湖の四男）で、田丸は私の血筋だから、和田峠で討っておけばよかったという話でしょ」。何度も話したようだ。

「そもそもだ、占いを信ずるとは情けない」「あら、十数年前に四柱推命か何かで、天才の星と女性に驚異的にモテる星が出ている、と言われ狂喜乱舞していたのは誰でしたっけ」「人生いろいろ、と島倉千代子も歌った」「都合のよいことだけは信ずるのね」「当然だ。良ければ信じ悪ければ信じない、というのが占いの嗜（たしな）み方だ」。

三十年ほど前、正月の鶴岡八幡宮（つるおかはちまんぐう）で引いたおみくじは大凶だった。その夏にケンブリッジに行ったが、最高の一年だった。懸案の論文は完成したし、今も英国から我が家を訪れるような友達が何人もできた。女房にそう言うと反撃された。「友達ができたのは翌年よ。その年の秋は次男が小学校で毎日いじめられて苦しんでいたでしょ。リンチにあって顔に傷して帰って来たこともあったわ。あの中で論文に集中していたあなたはいかに自己中心的で利己的で無責任かということよ」。このいじめについては『遥（はる）かなるケンブリッジ』（新潮文庫）に詳述したが、確かに暗い秋だった。

我々は仏滅を選んで結婚式を挙げた。安かったうえ、空（す）いていたからサービスもよかった。迷信とか占いとは無縁だった。

それが、年とともに、神仏に手を合わせることが多くなっている。ここ五年間ほどは年に百回は下らない。今回の出産についても、我々は数十回は全国の神仏に手を合わせている。期待以上のよい子が生まれたのはそのせいかも知れないと考えたりもする。

ただ、占いの嗜み方を未だ会得していない女房が、「ところでね、私の姓名を調べたら、いやだわ、大凶なのよ。あなたと結婚したのはやはり間違いだったみたい」と言った。

（二〇一八年七月五日号）

浮かれる日本

我が国には江戸時代まで六法全書のようなものはなかった。子供達が万引をしないのは、親のしつけであり、「天罰が下る」であり「お天道様（てんとう）が見ている」からであった。

私なども幼い頃、明治中期生まれの祖母からよくそう言われた。両親からは「汚いことはするな」と始終言われた。汚いこととは、卑怯（ひきょう）なこと、他を欺く（あざむく）こと、強者にとりいること、臆病（おくびょう）なこと、利己的なこと……などであった。一方、美しいこととは、正直なこと、弱者を思いやること、他人のために尽くすこと、ひたすら努力すること、誠実な行動や勇気ある振舞い……などであった。

我が国の庶民道徳は、明文化されたものでなく美醜で弁別されていたのである。

安土桃山時代の頃から日本を訪れた幾多の西洋人が、「どの国の人々より道徳心がある」とか「生まれつき道徳を身につけているようだ」などと目を見張った。「汚いことはしない」日本人の、貧しくとも誇りある姿だった。

サッカーW杯のポーランド戦をテレビで見た。この試合に勝つか引き分けると、日本、ポーランド、コロンビア、セネガルからなる予選リーグの上位二国に入り決勝トーナメントに進める、という大事な戦いだった。

密集をドリブルで切り裂くことのできる香川と乾を先発させなかったため、単純な攻撃しかできず、ポーランドに先行されたまま後半も三十分が過ぎた。得点しないと決勝に進めなくなると私が焦り始めていた矢先、テレビが「同時刻に対戦中のコロンビア対セネガル戦で、コロンビアが先制点を取りました」と伝えた。次いで「このまま日本もセネガルも一対〇で負けた場合、両国は一勝一敗一引き分けで得失点差も同じになります。すると警告数の少ない日本の決勝トーナメント進出となります」と嬉しさを抑えるように言った。

その放送の直後に、西野監督は攻撃で頑張っていた武藤に代え、守備の長谷部を投入した。一対〇で負けたまま試合を終らせろ、という監督指令を長谷部から伝えられた選手達は以後、気の毒にも一切の攻撃を止め自陣後方でのパス回しに終始した。余りの不様に怒り心頭の私は直ちにテレビの前を去り寝室に上がった。

翌朝女房に聞くと、観衆の大ブーイングの中、試合終了まで十分間余りこの破廉恥が続けられたという。一点差で勝っているチームがそのまま勝ち切るために時間稼ぎすることはサッカーで時々あるが、これだってフェアプレーに反するとしてブーイングを受ける。負けているチームの時間稼ぎは見たことも聞いたこともなかった。

日本チームの恥ずべき姿は、観衆だけでなく、テレビを通じ世界中の人々の目に入った。強敵を相手にきれいなサッカーで健闘してきた日本代表は世界中から多くの応援を受けていた。それが、「もう日本など応援するものか」「日本などベルギーにボコボコにやられればいい」「フェアプレーから最も遠い日本代表がフェアプレー規定により決勝リーグに進出した」などの言葉に変った。

英国BBC放送は「日本は世界の笑いものとなった」と言い、ドイツのビルト紙は「W杯で最も恥ずべき十分間」と書いた。日本の子供達にまで「こんな試合を見たくなかった」と言われた。

W杯ポーランド戦は日本人の評判を落とし、国家イメージを損う不祥事であった。

日本サッカー協会は、「フェアプレー精神にもとる戦いを恥じ、セネガルに決勝進出を譲る」と言って欲しかった。決勝トーナメントを控え、スポーツ界もメディアも当初の当惑や恥辱はすぐに忘れ、「規則に従ったまでだ」「監督は冷徹な勝負師だ」などと、浮かれている。結果よければ万事よしなのだ。

スポーツ界やメディアにスポーツマンシップや大局観はないらしい。美醜で善悪を判断した孤高の日本を忘れた現代日本は、今や諸外国と同様、ルールに触れないことなら何でもするという姑息（こそく）で狡猾（こうかつ）な国になり果ててしまったのだ。

（二〇一八年七月一二日号）

いよいよ二人きり

梅雨の晴れ間に、日本に二十年余り住む英国人夫婦が我が家に遊びに来た。共にオックスフォード大学出身で、夫は金融機関に勤め、夫人は商業翻訳をしている。二人とも運動が大好きで、富士山に登ったり、東京マラソン、ホノルルマラソンには何度も参加し、今はアイスランドマラソンを狙（ねら）っている。夫人の方は学生の頃から知っていて、愚息達に英語を教えてくれていた。

夫婦には男の子が二人いて、長男は名門ロンドン・スクール・オブ・エコノミクスに通い、次男はオックスフォード大入試を控え、受験勉強中である。食事中に私が、「来年は息子が二人ともいなくなって淋（さび）しくないか」と言ったら、夫人がいきなり両手を高く上げ、「ウィー　アー　フリー」と歓声をあげた。子供のことを気にせず、夫婦だけの意志でどこに行って何をしてもよいという自由を、新婚以来初めて取り戻した歓びだった。夫も満面の笑みだった。

私の親を思い起こした。兄、妹が結婚し家を出た後、私は三年ほど両親と三人暮らしをしてから渡米した。ほぼ毎週、アメリカまで母から手紙が来た。親戚や近所の誰がどうした、世の中がこうなっているといったつまらないニュースが主で、最後に父が俳句を一つひねるというのが常だった。

渡米して数カ月後の手紙だったか、俳句の前に父の字で「お前がアメリカに行ってからお母さんがメソメソしていて困る」と記してあった。三人家族が二人になって淋しいのだろうと思った。母と私は共に気が強くて口論ばかりしていた。「お前みたいな親不孝者は引揚げの時に北朝鮮の山の中に置いてくればよかった」などと言われたことさえある。負けじ魂の権化のような母がメソメソとは、と訝かった。アメリカでの私は数学やガールフレンドで忙しく、両親のことなどほとんど考えていなかった。私の母は当時五十四歳、英国の友人夫婦は現在共に五十歳と似た年齢なのに日英では考えが違うものだ。

女房が唐突に、「あなた、いよいよ私達も二人きりよ」と反応を探るかのように私の顔を覗きこんだ。我が家では、長男はケンブリッジ大学での研究生活から帰って以来一人暮らし、次男は英国グラスゴー大学で研究生活、三男だけが自宅から会社へ通う、というのがここ数年だった。

その三男が今年結婚しとうとう六月に家を出た。私達夫婦二人となるところが、三男の出た翌日に次男が出産立会いということで一時帰国した。「赤ちゃんをはさんで川の字に寝るのっていいなあ」と言って、一ヵ月ほど滞在していた次男も、妻と赤ちゃんを実家においたまま来週イギリスに発つ。

いつか、子供達が巣立つ日が来るのは分かっていた。「二人きりになったら犬を飼おう」「私はシェットランド・シープドッグがいいわ」「俺は柴犬だ」などと話していた。ただ、私の頭の片隅では、息子達も結婚して子供ができたら、いずれ私達と一緒に住んでくれるような気がしていた。息子が三人もいるのだから一人くらいは、とも思っていた。私自身は結婚以来、親の庭先に住んでいたからだ。

父の亡くなった後、しばらく淋しさに打ちひしがれていた母にとって、可愛かった孫達は絶好の慰めだった。私も庭先に家を建ててやればよいのだが、それだけの土地がない。私が仕事場へ行こうと玄関で靴をはいていると、女房が「本当に二人きりになっちゃうのね」と言った。黙っていたら続けた。「そう言えばお母様がね、あなたがアメリカに出た時、『いよいよ二人きりだから仲よくしましょうね』とお父様に言ったそうよ。そしたら『オイオイ、気持悪いこと言うな』と言われたんですって」。二人で笑った。

女房がしきりに「二人きりになっちゃう」を言うのは、「これまでを反省し仲よくしよう」という殊勝な気持ではまずない。「子供がいなくなって淋しい」が半分、「あなたと二人きりの生活を考えると耐え難く憂鬱なの」が残りの半分だろう。

（二〇一八年七月一九日号）

第五章　我々の生のような花火

喉の筋トレ

父は五十歳の頃から食事中にむせることが多くなった。せっかく皆でおいしく夕食をとっている時にむせられると、雰囲気が途端に損われてしまう。母が「お父さんはおっちょこちょいだから」と諦め気味に言ったり、私が「食道と気管の位置くらい覚えておいてよ」とイヤ味を言ったりした。

父は十秒ほどむせると、涙を拭き拭き「ああ苦しかった」と言い、再び普通に食べ始めるのが常だった。稀にだが十秒たっても止まないような時は、母が背中を叩いたりした。父以外は誰もむせないから、父の喉の造りが生まれつき悪いのだろうくらいに思っていた。誤嚥という言葉はその頃まだ広まっていなかった。それどころか、手許にある平成一六年版角川国語辞典にも誤嚥は見当たらない。

むせる父にやさしい言葉の一つくらいかけてやる、ということを一度もしなかった私が、六十歳の頃から食事中にむせるようになった。年に数回だがかなり苦しいものだ。家族は無言で食べ続けるが、その気持は私が父に抱いた気持と同じはずだ。つい先日は、若い美人編集者二人とカレーを食べに行き、むせにむせた。格好をつけ激辛にしたのが悪かった。辛さに喉が驚いて気管と食道を間違えたらしい。七、八秒たっても止まないので店の外に出て十数秒間もむせた。

誤嚥により肺に入った食物や細菌が肺炎を引き起こすと死に至ることさえあるらしい。日本人の死因三位は肺炎だがその七割が誤嚥性という。原因は喉仏を上下させる筋肉や舌の筋肉の機能低下という。ジムの筋トレで四十キロくらいなら平気で十回や二十回は持ち上げる私だが、口の中は鍛えていなかった。

口に水を含まずゴクンとしたり、口を思い切り左右に広げイーッと発声したりするとよいらしい。二度と美人の前で恥をかかぬよう、私も毎日これをやるようになった。特にイーッは、ほうれい線や首の皺をとるのにもよいそうだから一石三鳥である。

喉の筋肉の衰えは、誤嚥ばかりか発声にも影響する。声量が少なくなり声がかすれてくるのだ。知人女性でボイストレーニングに通う人を何人も知っている。私も一人でホテルに三日ほど缶詰になったくらいで声がまともに出なくなる。ひたすら書くだけで人と話す機会がなくなるからだ。こんな時に編集者から電話がかかってくると、自分からは決して切らない。こちらから積極的に話題を作りできるだけ長話をする。古女房とさえ長電話する。ランチや夕食時にはレストラン従業員にできるだけ話しかけ、買い物に行くと店員にたくさん質問をする。

東京の人は概して他人に冷淡で、疑いの目で見たり、なるべく早く話を切り上げたいような素振りを見せたりする。それに比べ地方の人は嫌な顔をしないで応じてくれる。もともと社交的ではない私だが、声を維持するために話しかけるようになってから妙な人達と懇意になった。よく行く京都では甘味喫茶のお姉さん、豆腐屋のお婆(ばあ)さん、料理店のお兄さん、お寺の掃除夫、デパートの洋服売場のお姉さん……。

大阪のホテルで私を部屋に案内してくれた二十代前半の女性は変わっていた。話が弾み十分間ほどたっても帰らない。可愛(かわい)い娘だったから、私もいつも通り調子にのってペラペラしゃべったのだろう。いつまでも退室する気配がないのでさすがに心配となり、「そろそろ帰らないとホテル側が心配するから」と促したが帰ろうとしない。二十分ほどたってから、「私、お客様の娘になりたいです」と真面目な顔で言った。「ぜひ」と言いかけて、品格の人であることを思い起こし「また明日お話ししましょうね」と言って帰した。

十日間ほど滞在した沖縄のホテルでは、朝の食堂で五分間ずつ二度ほど話した百七十センチのウェイトレスが、私の部屋まで皿に盛った果物を届けてくれた。頼んだ覚えがないので怪訝な顔をしていたら「ホテルからです」とニコニコして言う。この原稿を抱えてお忍びで行ったホテルに私を知っている人がいたとは思えない。この話を帰京してから女房にしたら、「惚れられたと思いたいんでしょ。お目出たいわね。長期滞在者への通常サービスよ、残念でした」と機先を制せられた。

（二〇一八年七月二十六日号）

今夏の行方

酷暑である。七月一〇日からの二週間、東京の最高気温は平均して三十四度ほどとなっている。太平洋高気圧とチベット高気圧が二重に日本を覆(おお)っているかららしいが、根本的には地球温暖化であろう。

明治八年（一八七五年）に気象庁の観測が始まって以来、一九九九年まで、東京の七月の平均最高気温が三十一度を超えることはめったになかった。数えると百二十五年間にたったの七回である。それが二〇〇〇年以降すでに八回に上る。冬の気温もかなり上昇している。明治大正期を通して、一月の平均最低気温はほとんど常に零下で、プラスになったのはたったの四回に過ぎない。それがここ五十五年間はすべてプラスとなっている。

日本ばかりでない。地下鉄、バス、電車などに冷房のないロンドンでは三十度を超す日が多くなり、観光客が悲鳴をあげている。スペインやポルトガルでは四十度を超え、中近東や米南西部では五十度を超えたりしている。北極圏でも最近三十三・五度を記録したという。

私は幼い頃から冬に強かった。零下三十度を下回る極寒の満州で生まれてから、北朝鮮、信州の山村と同じ位寒い所で幼少期を送ったせいもあるのだろう。四十歳頃までは冬でも下着のシャツはほとんどつけなかったし、オーバーも持っていなかった。

一方、夏には滅法弱く、若い頃から、梅雨明けと同時に「生きるのが辛い」と自覚するほどだった。親も見かねたのだろう、三人兄妹のうち私だけを毎年、夏休みの始まりと同時に八ヶ岳西麓の海抜千百五十メートルにある母の郷里に送った。夏休みいっぱい、涼しく乾燥した高原で祖父母と暮らすのである。夏期講習のあった高三の夏と海外にいた数年間を除き、こんな夏の過ごし方が今日まで続いている。

夏に弱いと言ったが難敵は高温より湿度である。コロラド大学のあるボールダーは夏に四十度になることもあったが、年間三百日は快晴という乾燥地帯で、夏の湿度も五%とふざけたような数字なので真夏でもガールフレンドと楽しく遊んでいた。

日本の夏はむし暑さが問題なのだ。一昨年の梅雨の頃、三十一度の京都を一時間ほど歩いただけで、身体(からだ)がほてって、めまいや立ちくらみに見舞われた。これが熱中症かと思い部屋を涼しくして休んでいた。ただ、これ位なら子供の頃からよくあったような気がする。二〇〇〇年の頃まで熱中症という言葉は使われていなかったから、今のような度を越した大騒ぎもなかった。心配性の祖母も「暑にあたったずら」ですませていた。

大学一年の夏、友人数人と千葉の海で遊んだことがある。夜は倹約のため海岸にテントを張った。翌日、身体中が日焼けで火ぶくれのようになり痛かった。帰宅して熱を計ると三十八度五分もあったが、母は「日射病ね」と言って扇風機をあててくれただけだった。

暑さで困るのは、仕事に身が入らないことである。根気が出ない。それだけではない。アメリカではオリエンタル・プレイボーイ、中年になってからはフェロモン大魔王の名をほしいままにしている私が、なんと女性への興味を半ば失ってしまう。性より生となる。女性に向かう意欲と仕事に向かう意欲は同一のものなのだ。

テレビが「一週間で一万名が熱中症で救急搬送された」などと叫んでいる七月中

句、仕事の資料を一抱え持って山荘へ逃げ出した。山荘も室内で二十八度と新記録だ。無論冷房などはないからかなり暑い。

避暑地が避暑にならないのでは、今夏は仕事半減品格倍増の夏になりそうと思っていたら、毎年避寒に行く沖縄の友人からマンゴーが届いた。御礼のメールに山荘も暑いと書いたら、「沖縄は涼しく過ごしやすい」と返ってきた。まさかと思い調べると、那覇で最高気温が三十五度を超えた年はここ十年でただの一日だけだった。それに沖縄では一年中、五メートルほどの微風が吹いている。メールの結びに、「本州はどこも暑そうだから避暑に沖縄にどうぞ」とあった。来夏は沖縄で、仕事倍増品格半減の夏にしようか迷っている。

（二〇一八年八月二日号）

セピア色の葉書き

文筆を始めた頃からファンレターを時々もらう。最近のものはほとんど中高年からで、批判的なものも時にはあるが、多くは「共感した」「よくぞ言ってくれた」といった内容である。

デビュー作『若き数学者のアメリカ』が出た頃は、若い女性からのものが大半だった。私の妖(あや)しい魅力の虜(とりこ)となった女性達からのラブレターまがいのものもしばしばあった。しっかりした内容を美しい文体や字体で書かれると、「会ってみたい」という気持が募った。ファンレターを毎週くれる熱烈ファンの女子高生（おそらく美少女）もいた。彼女が「先生の幸せな家庭を破壊したい」と情熱的に書いてきた時などは、「どんどん破壊して下さい」と返事したくなったほどだ。ここ二十年間、そんな好ましい手紙は見ていない。

ファンレターを書く人とはどのような人だろうか。情熱家であることは確かと思う。溢れる情熱を胸の内にしまっておくことが苦しいから、相手に自らの気持を伝えてしまいたいと思うのだろう。

実は最近、自分もそんな人間なのではないかと思えてきた。小学生の頃、「野球の神様」、巨人の四番打者・川上哲治選手にファンレターを書いた。何を書いたか覚えていないが、物心ついた頃からずっと（従って数年間）大ファンであることを告白したに違いない。返事は来なかったが、自分の熱烈な気持を伝えただけで満足だった。

高校生の頃、ハインライン著『第四次元の小説』の訳者、三浦朱門さんにファンレターを出したこともある。位相幾何学に題材をとったSFだったが、数学少年だった私にはとても興味深かった。数年前に三浦さんにお目にかかった時にこのことを話したが、私の手紙のことは無論覚えていらっしゃらなかった。大学生になっても、倉橋由美子さんの『パルタイ』を読んでファンレターを出したし、助手の頃には竹西寛子さんの随想集を読み、その静謐な文体に魅せられ手紙を書いた。

先日、東京理科大から連絡があった。数学者の小倉金之助先生の回顧展で、私の書いた葉書きを展示してよいか、ということだった。すぐにピンときた。中学三年生の時に、小倉先生の『一数学者の肖像』を読んだ私はファンレターを先生に出した。大いに感動したこと、幾何学者になりたいが今後どんな勉強をすればよいか、位相幾何学の誕生に繋（つな）がったと書いてあるオイラー（あるいはケーニヒスベルク）の橋の問題とはどんな問題か、などと質問した。これに対し何と先生から返事が来た。子供の葉書きに答えるというのは先生の誠実なお人柄だ。思いがけず著者から返事をいただいた私は感激し、再び先生に葉書きを書いた。これが小倉先生の手紙類を保存する早稲田大図書館にあったらしい。

　三十七度の酷暑の中、東京理科大近代科学資料館に出向いた。中学三年生の私が懐（なつ）かしかった。陳列ケースの中に私のセピア色の葉書きが高木貞治、矢野健太郎、弥（いや）永昌吉（ながしょうきち）といった大先生の手紙に混じって展示されていたので、居心地が悪かった。こう書いてあった。

「お返事ありがとう御座居ました。きた時は、うれしくて、うれしくてたまりませんでした。（少しこおどりしました）……僕は東京学芸大学付属小金井中学校三年です。早速オイラーの問題をしました。五時間考えて……証明しました。全部自力でやったのでとてもうれしかったでした。又これについての式をいろいろ考え出しました。お体に気をつけてさようなら」

拙い文章だが感謝の気持は表わされている。オイラーの問題を一般化して解いたと自慢までしているのが私らしい。

それにしても何故中学生の葉書きを捨てないでとっておいて下さったのか分からない。すべての手紙類を保存されていたのか、四年後に亡くなったため私のものを捨てそこなったのか、面白そうな中学生だから取っておいて様子をみようと思われたのだろうか。老大家に物怖じせず葉書きを出す、情熱ほとばしる、猪突猛進の私がそこにいた。

（二〇一八年八月九日号）

健全な精神

"A sound mind in a sound body" という諺（ことわざ）がある。健全なる精神は健全なる肉体に宿る、と訳されている。この諺を残したのは古代ローマ、紀元百年頃に活躍した風刺詩人ユウェナリスという。ただし原詩の意味は少し違うようだ。富、地位、才能、栄光、長寿、美貌（びぼう）などを願ってもろくなことはない、願うべきは「健全な肉体と健全な精神」という趣旨で書かれている。

これなら自分の経験からもよく分かる。ところがナチス・ドイツなどが、軍国主義を推進するには青少年の身体鍛錬が必要と、あたかも健全な肉体と健全な精神が不即不離のごとく都合よく解釈したらしい。ユウェナリスの詩では、健全な精神と健全な肉体は単に並列されているだけである。ちなみに私は、そこそこに健全な肉体とそこそこに不健全な精神だ。

健全な精神の前提条件として健全な肉体をおく、というナチス・ドイツ的解釈は元々の意味とかけ離れているばかりか、事実にも反している。三重苦のヘレン・ケラー女史や車椅子の天才物理学者ホーキング博士のように、不健全な肉体ながら立派な人物はいくらもいる。また逆に、幾多のオリンピック選手やプロ選手が悪に手を染め世間を賑わせてきたように、鍛え抜かれた健全な肉体を持ちながら非行蛮行に走るケースは数え切れない。にもかかわらず未だ、スポーツの意義として「健全な精神を育む」が唱えられる。

スポーツと健全な精神とが無関係なのは、ここ一年のスポーツ界の不祥事を見ても明らかだ。大相撲では日馬富士暴行問題があった。力士による集団リンチ事件のようなものだった。これに対し日本相撲協会は隠蔽そして矮小化を図ったうえ、それを許すまいとする貴乃花親方への子供じみたイヤガラセや、名ばかりの第三者委員会を用いたイジメを続け、世間を呆れさせた。

続いて日大アメリカンフットボール部選手による悪質タックルがあった。選手が自らの意志であれほど露骨な違反タックルをするはずがない、ということで監督やコーチの指令の有無が疑われた。両者は指令を出した覚えはないと責任回避を図ったが、百人ほどいる選手が一人残らず指令だったと証言した。日大理事会までが監督を擁護したから、第三者委員会から厳しく糾弾された。

この問題がまだ燻（くすぶ）っている頃、日本サッカー協会は、三年にわたり代表監督を務めてきたハリルホジッチ氏を、W杯まで残り二カ月という時期に解雇するドタバタを演じた。その時までに監督の適性を見抜く能力も見切る決断力もなかったということだ。

すぐ続いて、アマチュアボクシングの元締である日本ボクシング連盟に火がついた。会長によるパワハラや判定操作が内部グループから告発されたのである。会長はこれら疑惑のすべてを否定したが、審判員その他大勢が肯定している。会長一派により判定操作がなされてきた、としたら正気の沙汰（さた）ではない。

スポーツ団体の不祥事の噴出は、告発という手法が身近になったこともあるが、根本的にはスポーツ団体に統治能力が欠けているからであろう。スポーツ団体はどこも、大半の幹部がそのスポーツで名を上げた人々である。例えば日本相撲協会の理事長はほとんどが元横綱である。子供の頃から人一倍練習に精進し図抜けた業績を挙げた人だからといって、常識や見識を備えているとは限らないのに、敬意を払うに止まらず無条件に従う、という傾向がスポーツ界にはある。元大関は元横綱に対し叱責も反駁もできないのだ。

海外の大学では、フィールズ賞受賞者やノーベル賞受賞者でも、間違ったことを言えば袋叩きに遭う。競技者や指導者としての実績の大小が、全員平等のはずの会議の場でも踏襲される、という日本スポーツ界の非民主性がある限り、今後も不祥事は続く。

「スポーツにより健全な精神が育まれる」というのは、「数学により健全な精神が育まれる」と同様に怪しい。

（二〇一八年八月一六日・二三日号）

土蔵の村

旧盆には母の生家を訪れ先祖の墓参りをする、というのが我が家の年中行事だが、今年もここを訪れた。中央本線茅野駅から三里ほど八ヶ岳西麓を上った、海抜千百五十メートルの山里である。江戸初期に新田開発された、百軒ほどの農家からなる小さな部落だが、多くの家の南東の角には蔵が立ち、庭には八ヶ岳の巨石と植栽を組み合わせた小さな日本庭園がある。八ヶ岳から流れる清流を引きこんだ池には、色とりどりの鯉が泳いでいる。

山奥の寒村で、裕福な家など一軒もないはずなのに蔵や池があるのは、昭和三〇年代の頃まで養蚕が盛んで、現金収入があったせいかも知れない。私の子供の頃は付近の畑の半分は桑畑だった。庭園ばかりでなく、どの家の庭にも、畑の縁や田の畦にも、花が一杯に咲いている。

村人は蔵をドゾウと呼ぶが、本質的にはすべて板倉である。近所の山からアカマツやカラマツを伐採して組んだものだ。少し余裕のある家は、これに土を塗りこめ、上から漆喰を塗り土蔵とした。耐火性がよいし、内部環境もよくなるからだ。

土蔵には白壁の最上部に鏝絵(こてえ)と呼ばれる、左官屋が鏝を使って装飾を施した飾りがついている。家紋や屋号もあれば大黒さま、龍(りゅう)とさまざまである。「大黒さま」は五穀豊穣(ごこくほうじょう)、「龍」は水の神、「波とうさぎ」はうさぎが安産ということで子孫繁栄だ。なかなかの出来栄(できば)えである。所々にある茶褐色の土蔵は、戦時中に米軍機の標的にならぬよう柿渋(かきしぶ)を塗って目立たなくしたものである。

母の生家は、祖父が教師をしていて手数のかかる養蚕ができなかったから、庭に池はないし、蔵も板倉のままである。蔵というと何か貴重なものが中にあるようだが、ここではどこも米俵の他、冠婚葬祭に使う座卓とか食器、使わないけど捨てられないガラクタなどが主だ。ここから七キロほど離れた父の生家の土蔵には、燃えてはならない大事な蔵書の他、武士なので槍(やり)や日本刀が合わせて十数本もあったらしい。父方の祖父が終戦時に、マッカーサーの命令ということで全部供出してしまった。

母の生家の蔵に大学生の頃に入ってみた。母の小学校や女学校での通信簿や日記帳があった。女学校時代の作文は乙女チックなものだった。私の知る強くたくましい母と違っていたので驚いた。父が「お前のお母さんは満州引揚げの修羅場をくぐってから人格が変わった」と言っていたのを思い起こした。

実はこれ以前にもこの蔵に入ったことがある。まだ学校に入る前、何かのことで祖父の逆鱗（げきりん）にふれた私は、小脇（こわき）に抱えられたまま土蔵に放り込まれたのだ。祖父は貧農の家に生まれ、幼くして両親を亡くすという不遇の中、旧制中学と師範学校の卒業資格を検定でとった、苦学力行の人だった。二十八歳という記録的若さで小学校長になった秀才ということで、豪農の祖母の家に婿（むこ）養子として迎えられた。偉丈夫なうえ気が強く短気な祖父は、泣き喚（わめ）き暴れる私を蔵に放り込むと、「オメーミタヨーナ小僧はここで一晩ほど反省していろ」と言って外から鍵（かぎ）をかけてしまった。

蔵の壁は厚く、鍵は長さ二十センチほどの鉄製である。蔵の中は、二階にある二十センチ四方ほどの空気穴から入る光のみで暗く森閑としていた。私は米俵によりかかったまま眠ってしまった。二時間もしただろうか、祖父と対照的にやさしく涙もろい祖母が長鍵を持って来て開けてくれた。「どうか許してやってくりょう、と頭畳につけ頼んだでな。家へけえったら爺様に、へえ二度と悪さなんしねえで堪忍してくりょう、と謝るだぞ」と言った。

先日、この部落に住む今年九十九歳になる母のまたいとこにその話をすると、

「オラーはな、空気穴に向かって近隣中に聞こえるよう大声で泣き喚いたわ。近所のしょう（人々）がもげえで（かわいそうだから）出してやれって口きいてくれるでな」と言って笑った。


（二〇一八年八月三〇日号）

英国紳士の癇に障るもの

　トランプ大統領について、昨年我が家を訪れたケンブリッジ大卒の六十代の英国人女性は、「愚か者」と評した。先日ランチに訪れたオックスフォード大卒の五十代英国人夫婦は、「クレイジー」と切り捨てた。どちらも三十年来の友人で、普段は控え目な物言いをするインテリである。恐らく英国の中上流のほとんどが同様に感じているのだろう。と言っても彼等は、トランプ氏の関税攻勢など乱暴なアメリカファースト、情け容赦ない移民政策、パリ協定やイラン核合意からの身勝手な離脱、などに腹を立てているのではない。

　よく兄弟分と言われる英米だが、国民は互いにそう考えていない。私達が英国ケンブリッジに移り住んで間もなくの頃、大学での食事中、同僚に「それはアメリカ流だね」と言われた。私がステーキを切ってから、左手のフォークを右手に持ちかえた時だった。私は仕方なく再びフォークを左手に戻したが、慣れなくて食べにくかった。

外国人登録に警察署に行った時は係官に「アメリカに住んでいたでしょう」と言われ、ロンドンでタクシーに乗った時は運転手に、「お客さんアメリカ人でしょう」とまで言われた。この頃になって私はやっと、自分が見下されていたことに気付いた。彼等の表情にいつも含み笑いがあったのだ。

アメリカ流の英語やジョークなど、アメリカ的なものはみな野卑と思われているのだ。八百屋で「トメイト」と言ったら、「それはアメリカ方言で、ここではトマト」と直された。ハンバーガーはアメリカのものだからジャンクフード、アメリカンフットボールや野球は、ラグビーやクリケットの堕落した姿なのである。

イギリスは階級社会で、中上流とそれ以外とは考え方から好みまでが丸っきり違う。例えば前者が好むのはワインやナッツで後者はビールやフライドポテトを好む。前者のひいきが保守党やラグビーなのに対し、後者は労働党やサッカー、といった塩梅(あんばい)だ。

ところがアメリカ的なものを見下す、という点では全階層が完全一致する。世界一の富と力を握るアメリカへの嫉妬も底にはあろう。しかし最も本質的なのは、アメリカ人の言動が英国人の目指す行動規範、紳士道にしばしば抵触するからではないか。

トランプ氏はアメリカ的なものの典型だ。彼は握手の時に相手を引き寄せ、左手で相手の手の甲を軽くたたいてから肩や背に左手をまわす。どれも自らの優位を示そうとする行為だ。大袈裟な物言いや激しい主張で自己顕示を図る。「謙虚」という紳士のあるべき姿に反する。

また、紳士にとって不可欠なものに「教養」がある。いくら大富豪になっても、教養なくして紳士階級（古くはジェントリー）に入れない。息子をパブリックスクールへ入れ教養をつけさせて初めて、息子の代から紳士階級に入ることができる。英国紳士の目にはトランプ氏は無教養な成金不動産屋にすぎない。

さらに英国紳士は、品のよい表現は教養の現れと考える。だから紳士養成のパブリックスクールでは美しい英語を厳しく指導する。例えば「得る」にはgetでなく、アメリカではもはや文語となっているobtainを使わせる。なのにトランプ氏は演説中に騒いだ人々に対し、「ゲレムアウタヒア（Get them out of here，あの連中をつまみ出せ）」と卑俗な発音と表現で叫んだり、メキシコ移民を強姦魔と呼んだりした。英国人は翻訳なしに全部分かってしまうから始末が悪い。野卑な表現の洪水に英国紳士は耳を覆ったことだろう。

そして何より、英国紳士にとって最も大切な「ユーモア」がない。状況に呑み込まれず、一旦自らを外に置き俯瞰するという「バランス感覚」もない。

トランプ氏の反応は逆上して非難するか絶讃するかのどちらかの上、直後に正反対の評価をしたりする。感情のままに動き、紳士の持つべき「抑制」がない。英国人、特に中上流にとって彼は、小さい頃から親や先生に絶対にしてはいけないと言われてきたことを、全て実行している人物なのである。

（二〇一八年九月六日号）

夏の名残り

　毎年八月一五日に諏訪湖で挙行される湖上花火大会は、中学生になってからほぼ一年おきくらいに見に行っている。小学生の頃に行かなかったのは、その日の夜に村の公民館前で盛大な盆踊りがあり、そちらに気を奪われていたからである。

　中学生の頃、お盆に訪れた父の生家で従兄弟(いとこ)たちと夕食をとっていたら、父方の祖父が「諏訪湖の花火、立石に行きゃーえれーよく見えるぞ」と言った。そして「花火大会は清人(きよと)が旗振りして始めただ」と付け加えた。祖父の甥(おい)、従って父の従兄(いとこ)の牛山清人(妻は美容家メイ牛山)は、戦時中故郷の諏訪に疎開(そかい)したが戦後もしばらくそこに留まり商工会議所の会頭をしていた。大正時代にアメリカで映画にチョイ役として出るなど進取の気性に富んだ彼は、終戦後の混乱の中で市民の気持を盛り上げようと、諏訪市や地元新聞社に働きかけ、昭和二四年より花火大会が始められたのである。

八月一五日、夕食を簡単にすませると従兄弟たちと裏山に上ってから二キロほど歩き、立石という諏訪湖を見下ろす地に出た。諏訪湖から対岸の岡谷市、周りの山々までが一望できる場所だった。間もなく空一面が夕焼けに染まり、ついで藍(あい)色の空が広がった。夜の帳(とばり)の下りるのを待たず、黄昏(たそがれ)の中で花火が始まった。花火が開き三秒ほどしてからドンと鳴った。皆で「一キロっちゅうこんだな」などと言い合った。尺玉が打上げられると、この世のものと思えない光景が、いつの間にか漆黒となった空一杯に広がった。

ここ三十年ほどは家族と山荘から車で茅野駅まで行き、駅に近い親戚(しんせき)の家に車をおき、隣りの上諏訪駅まで電車で行くことにしている。四万発という国内最大の打上げ数を誇る大会だから、毎年五十万人もが見物に来る。道路は動かないのだ。大増発される臨時列車も東京の通勤電車なみだが一駅だから我慢できる。ただし帰りは皆が一斉に帰るので、駅で一時間近くも行列に並んだうえスシヅメ電車に乗ることとなる。

これを嫌う私の主張で、たいていの年は、掉尾(とうび)を飾る全長二キロの「ナイアガラ瀑布(ばくふ)」の直前に、席を立つ。一昨年は愚妻愚息が一度は最後まで見たいと無思慮無分別に言い張るので、仕方なく最後まで見物した。帰りは、駅で長蛇の列に並ぶより茅野駅まで歩こうとなったが、夜の八キロは辛かった。

今年は草上に持参のゴザと座布団(ざぶとん)を敷き坐(すわ)った。岸辺から百メートルほど離れていて見やすかった。諏訪湖の花火は、空だけでなく湖上にも映り二重に美しい。何より音が豪快だ。四方に山が迫っているためよく反響する。大型スターマインの時は低く太い豪音が耳でなく腸(はらわた)に響く。全身が震え、地面が震える。恐ろしくなるほどだ。

女房が「オーちゃんを連れて来なくてよかったわね」と言った。二カ月前に生まれた初孫だ。連れてきたらひきつけを起こしたかも知れない。黙って花火を見上げていたら、これで今年の夏も終るのだと思った。祖母がよく「お盆が終えりゃーへえ秋だでな」と言っていた通り、諏訪はすぐに秋となる。夏の名残りを惜しむ花火が、一瞬の輝きを残してははかなく消えていく。

高校生の頃に読んだ芥川龍之介の短篇『舞踏会』を思い出した。鹿鳴館(ろくめいかん)の舞踏会で、初めて舞踏会に臨む美しい十七歳の明子と仏海軍将校は、踊り疲れて星月夜のバルコニーで腕を組んだまま空を見上げている。明子が言う。「お国の事を思っていらっしゃるのでしょう」「私は花火の事を考えていたのです。我々の生(ヴィ)のような花火の事を」。海軍将校は作家として有名なピエール・ロティだった。

その時以来、一度はこんな場面でこんな言葉を美少女に語ってみたいと思っていた。かなわなかった。日米で何人もの美少女と踊ったが、いつもごった返したバーでだった。舞踏会でなければ星月夜のバルコニーはないのだ。

ふと胸が迫って隣りを見ると、女房が、息子が露店で買ってきた大きなジャガバターにかじりついていた。

（二〇一八年九月一三日号）

朝六時のメール

九月初め、かつて私の担当だった女性編集者から、朝六時にケータイメールが入った。「藤原先生、おはようございます。昨日、無事女の子が生まれました。めちゃめちゃ元気な女の子です。やっぱり出産はいいですね（痛いですが）。まだ二度目ですが、毎回、いろいろ奇跡を感じます」。産んで一寝入りした早朝、すぐに連絡してくれたのがうれしかった。そして何より、「やっぱり出産はいいですね」という言葉がずしりと胸に響いた。

時には命をかけた苦闘ともなる出産から、まだ半日ほどの言葉なのだ。女房も「久しぶりに聞くいい言葉ね」と言った。三十代半ばで結婚した彼女は子供を欲しがっていたが、待望の妊娠をすると、いさぎよく出版社を退職した。優秀で全幅の信頼のおける編集者だったから、辞めると聞いた私は途方に暮れたが、彼女の想(おも)いに共感し、新しい門出を祝った。仕事と育児を両立させようとする女性を、温かく見守るという雰囲気が会社になかったのだろうと思った。

出産や育児のある女性は会社で重要な仕事を与えられない、なかなか昇進できない、と大手出版社の女性編集者たちが異口同音に言うのを思い出した。確かに、大手出版社の約半分は女性社員なのに女性役員は皆無に近い。出版社だけでない。一年ほど前だったか、妊娠した衆議院議員の鈴木貴子（たかこ）氏が、切迫早産により入院を公表した折り、「だから女性議員は……」「任期中の妊娠はいかがなものか」「一旦辞職すべき」「公人であるのに……」などの言葉が彼女に寄せられたという。

女性政治家であるニュージーランドのアーダーン首相は、外国人による不動産購入を禁止した勇断の人である。中国人の不動産爆買いで住宅価格が高騰（こうとう）し、自国民が購入できなくなったため禁止したのだ。先進国で初めてだった。

その彼女が首相就任三カ月後の今年一月、妊娠を公表した。六月に出産した後に六週間の育児休暇に入り、その間の首相をピーターズ副首相が代行すると発表した。同国のクラーク元首相は「これは国としての私達の成熟を示している」と歓迎した。

こんな声明を出したのは、アーダーン氏が首相となる前、労働党党首となった時、

「あなたは子供を作る予定があるのか」と再三質問されたことがあるからだ。彼女は六月に無事出産を終え、予告通り休暇に入った。

在任中に出産した首相は、一九九〇年に出産したパキスタンのブット首相に次ぎ二例目だが、ブット首相は「育児休暇は職務放棄」と野党に糾弾されたため、育児休暇をとらず、ほどなく仕事に復帰した。アーダーン氏は育休をとった初めての首相となった。親子三人の幸せオーラ一杯の写真を公開するとともに、首相復帰以降はパートナーが専業主夫としての役割を果たすと述べた。さらに「私はスーパーウーマンではない。仕事と育児の両立は簡単でなく、やるべきことをこなせているのは周囲のあらゆるサポートのおかげ」と付け加えた。

女性は産んだ時だけでなく、子供を産まなくても何だかんだと言われる。「子育てよりキャリアを優先した」と余計なお世話を言われることもある。子供のいないメルケル独首相は「大方の女性が経験していることを経験していない」と前首相夫人に皮肉られた。同じく子供のいないメイ英首相は党首選の時、政敵の女性議員に「私は母親なので英国の将来に具体的な利害関係がある」と当てこすられた。オーストラリアの女性首相だったギラード氏は、ライバルに「元共産主義者の子無し無神論者」とまで言われた。元共産主義者も無神論者もよいが、子無しは余計だ。

男女同権の進んだヨーロッパやオーストラリア、ニュージーランドでも、女性はまだまだ、男なら決して言われない言葉を投げられているのである。こんな世相の中で、「やっぱり出産はいいですね」という言葉が、私の胸に、堂々として、力強く、清々(すがすが)しく、希望の星のように響いた。

（二〇一八年九月二〇日号）

たがが外れた人々

全米オープンテニス女子で、大坂なおみ選手が日本人として初めてチャンピオンとなった。父親がハイチ出身、母親が北海道出身の大坂選手は、百八十センチの上背と褐色の強靭でしなやかな身体に恵まれた二十歳である。テニス好きの私でさえ二年前にはその名を知らなかったから、彗星のように現れた選手と言える。

全米オープンの決勝はここ十数年もの間世界最強と言われてきたセリーナ・ウィリアムズが相手だった。試合前、私は、さすがの大坂も一蹴されるのではと思っていた。実際は大坂が圧倒した。打球の深さと威力が全然違うのだ。

段違いの実力にセリーナのイライラは高じた。観客席のコーチから指示を受けた、と主審に警告された。第二セットでは自らのミスに腹を立て、ラケットをハードコートに叩きつけてグニャグニャにした。二度目の警告ということで主審は大坂に一ポイントを与えた。

　セリーナはポルトガル人主審に指を立てながら「あんたは私から一点を奪った。泥棒！　男子が同じことをしても罰は与えられないのに、私から奪ったのは性差別だ」と絶叫した。その後も「泥棒、性差別、謝れ、嘘つき」などと執拗に繰り返した。主審は暴言に対し三度目の警告を発し、一ゲームを大坂に与えた。

　表彰式は前代未聞のものだった。決勝をぶち壊しにした米国人セリーナに拍手が集まり、祝福されるべき大坂にブーイングが集まったのだ。ついには、数万人のいじめにあった大坂が泣き出した。

　優勝スピーチで大坂は、消え入りそうな声で「皆さんがセリーナを応援していることは知っていました。こんな結果になってすみません。でも今日、この試合を見に来て下さったことに感謝します。そして、セリーナ、私と試合してくれてありがとう」と言った。ようやっとブーイングが拍手に変わった。主審はルール通りに試合を進めていただけで泥棒でも性差別でもなかった。

　過去二十年間の四大大会で、男子の受けた警告数は女子の三倍にも達していて、粗暴や暴言による警告も八割以上は男子に対してだったのだ。警告の原因が自らの下品な言動にあったのに、セリーナが性差別に転嫁しようとしただけだった。大坂の肌が褐色でなかったら必らず人種差別と言っただろう。対照的に、大坂の品のよさが際立った。観衆に謝りセリーナに「ありがとう」と言いながら頭を下げる所など、日本人らしい仕草と謙虚さだった。

　私にとって最も衝撃だったのは、観衆が試合中と表彰式で大坂に浴びせたブーイングだった。四十年ほど前にアメリカにいた頃、プロテニスの試合を二度ほど見物した。アメリカ人選手の得点に拍手は多かったが、外国人選手に対するブーイングなどはあり得なかった。

　当時、アメリカの学校では差別は最も恥ずべきものと厳しく教えられていた。私自身、差別されたと感じたことは三年間の滞米中に一度もなかったし、黒人が差別されているのを見たこともほとんどなかった。黒人男性をボーイフレンドに持つ白人女性は、「解放された女」としての誇りに満ちて街を闊歩していた。人種差別、性差別、外国人差別などは極めて抑制されていた。当時、世界で最も抑制されていたのはアメリカではないだろうか。

　今度のブーイングを見ると、抑制のたがが外れてしまっている。世界のリーダーであり平和の番人たるべきトランプ大統領は、アメリカファーストを恥ずかしげもなく広言して憚らないどころか、他国民に対して容赦ない侮蔑の言葉を頻用する。メキシコ移民を強姦魔と呼び、中米やアフリカからの移民に関し「肥溜めみたいな国からなんであんなにやって来るんだ」とまで言った。

こういった言葉を始終耳にすることで国民は、かつての理性ある抑制力を減退させてしまっているのではないか。アメリカ人は恥ずべき国民になってしまったようだが、一時的であって欲しい。人生最高の晴れの舞台のはずの表彰式で大坂は、サンバイザーのつばを下げて涙を隠した。

（二〇一八年九月二七日号）

第六章　世の動きに対するたまらない想い

「山深く貧しき村に吾(われ)が住む」

私が大学四年生の頃、信州の母の生家から一キロほど離れた森の中に母が山荘を建てた。八畳と六畳二間のうえ、水道がないので飲料水も風呂(ふろ)水も十メートルほど先に掘った井戸からバケツで運ぶという不便さだった。

夏の東京では生きるだけで精一杯、という私以外に利用する者がいなくなった。祖父母の所に寝泊りし、朝食を朝六時に食べるとともに山荘へ行き、夕方祖父母の所に戻るという方式だった。アメリカへ行くまでの七年間、毎夏一カ月、ここにこもって勉強していた。博士論文もここで書いた。

村外れの寂しい一軒家など訪れる人もなく、昼食時にＦＭ放送で音楽を聞く以外は数学に明け暮れた。時折、母の村の源次さんが野良(のら)仕事の帰りに顔を出した。「ヤイ、いるか」と割れるような大声が遠くからかかるので、すぐに彼と分かる。

母の一歳下の大正八年生まれで尋常小学校卒業後、百姓を継いでいたが召集を受け、陸軍に輜重輸卒として入隊した。武器弾薬、水、食糧、資材などを馬で運ぶ部隊である。百姓で馬を扱い慣れているだろうと、そこに配属されたが「輜重輸卒が兵隊ならば蝶々トンボも鳥のうち」と見下されたという。農家の跡取り長男のためしばらくして帰郷を許されたが、昭和一七年に今度は工兵として北支で再召集された。解体した小舟を馬で運び、渡河作戦ではそれを組立て、川面に何隻も浮かべ、その上に橋をかけるのだ。部隊には五百頭の馬がいたという。「何しろな、歩兵のめえでにいるだでな、弾丸の雨だ、人も馬もバタバタ死んだわ。黄河を渡り洛陽まで行っただ」などとよく戦争の話をしてくれた。締めは必ず「戦争みてような馬鹿っことは二度とやるもんじゃねえ」だった。

ある日、一日勉強して山荘から戻る途中、田の中から「やあ彦ちゃ、働きに働いて朽ちるが百姓だぞ」と声をかける人がいた。隣家の初郎さんだった。田畑を手広くしていたうえ養蚕まで手掛けていたから、夏は暗いうちに起き、暗くなるまで働いていた。しかも夜間は蚕室を二十三度から二十五度に保たねばならぬので、温度計と火鉢から目が離せない。母と源次さんと初郎さんは互いにまたいとこである。

初郎さんの、百姓には珍しい白皙と鋭い眼光は、只者でない叡智の証であった。時折、ハッとするようなことを言うのだった。母の二歳上で、小学校時代は抜群の成績だったが、一人息子だったので、跡継ぎとして中学進学を泣く泣く諦めさせられたと母から聞いていた。「毎日、勉強に精出えているだな、エレエもんだ。学生はほうじゃなきゃいけねえ。オラエの小僧は学生運動に夢中でダメだ」と言った。京大に通う二人の息子達を心配していたのだ。

ある時、ひょっこり山荘に初郎さんが顔を出し、「山の炭窯で昼夜ぶっ通しで炭を焼いてきた。つまらねえ歌を手すさびに詠んでいるだが見てくれるか」と言った。彼はビク（竹籠）から黒い手帳を取り出した。彼が開いたページにはこんな歌があった。

「牛の肥えしことにも嫉妬する村人山深く貧しき村に吾が住む」
「峡の空しばし余光を保ちつつ又冴えかえる寒さとなりぬ」
「聖書一冊アララギ二冊机の上にあり霙に暮れる部屋に灯ともす」

彼がアララギ派の歌人であったということを知ったのはこれが初めてだった。また、内村鑑三の弟子の塚本虎二が主宰する無教会派の敬虔なキリスト信者であったこともこの時知った。手帳に鉛筆で書かれた秀逸な歌を彼が土と炭で黒ずんだ指で示す時、私はなぜか気圧(けお)される思いだった。野心に燃え、人生に何の疑念も抱かず、数学に没頭していた私が、言い知れぬ感動と微(かす)かな劣等感を覚えた一瞬だった。

初郎さんはその後間もなく急逝(きゅうせい)した。源次さんは、九十九歳を前に、私に「達者でな、達者でいろよお」の言葉を残して先週亡(な)くなった。森の中の山荘は、私が新しい山荘を別荘地に建てたため、廃屋となっている。

（二〇一八年一〇月四日号）

カウボーイの蛮勇

私がケンブリッジにいた頃、サッチャー首相が鉄の女としてその強腕をふるっていた。公共投資など財政出動により雇用を創出し景気をコントロールする、というケインズ型経済を社会主義的計画経済と切り捨て、一気に新自由主義に舵(かじ)を切ったのである。

社会保障費の大幅削減、電力、ガス、炭坑、鉄鋼、電信電話の民営化など、小さな政府や規制緩和を大々的に進めた。このため失業率は上がり、格差は拡大し、地方経済は荒廃に瀕(ひん)した。

世界では財政赤字を克服した首相として評判が高いが、イギリスではそうでもない。労働者階級での評判は最悪だし、中上流の保守層からも、英国の古き良き伝統を破壊した政治家として批判されている。彼女の残した弊害を元に戻すことが九〇年代イギリスの重要政策となったほどだ。死亡時には死を祝う会合が全国で開かれた。国際的評価は実態を表していないのである。

アメリカの大統領も同様だ。

セオドア・ルーズベルト大統領は日露戦争を終らせる労をとった平和主義者としてノーベル平和賞をもらった。しかしポーツマス条約締結に当たり日本に贔屓した翌年には、対日戦争計画である「オレンジ計画」を極秘裡に策定させた。それどころか歴代大統領のインディアン絶滅計画を支持し、排日移民法の端緒を作った差別主義者でもあった。

またウィルソン大統領は、第一次大戦を終結させるパリ講和会議をまとめ、国際連盟を発足させた正義の人としてノーベル平和賞を受けた。しかし肝腎の母国アメリカを国連に参加させそこなったばかりか、日本が提出した「国連憲章に人種差別禁止を盛り込む」という歴史的提案を葬った張本人でもあった。採決の結果、十一対五の大差で日本案は通ったのに、議長のウィルソンが植民地を多く持つ英国や白豪主義の豪州の反対を見て「重要な案件は全会一致でなければならない」と一方的に否決してしまったのだ。これは排日移民法とともに大東亜戦争の遠因になった、と『昭和天皇独白録』に記されている。

カーター大統領とオバマ大統領もノーベル平和賞をもらった。どちらも人権主義者・平和主義者だが、ともに米国の軍事的プレゼンスを低下させた。カーターはデタント（米ソ対話）でソ連を増長させた結果、ソ連のアフガニスタン侵攻を引起こし、中国の甘言に乗って台湾と断交した。オバマは北朝鮮の核開発や中国の無謀な軍備強化、人権侵害、「静かなる侵略」（海外資産の巨額購入や海外への巨額貸付けなど）を看過し現在の危機を作り出した。ノーベル賞をとった米大統領は大局観を決定的に欠いたこの四人だけで、全て一流大学出身であった。

一方、売れない俳優出身のレーガン大統領は、中南米では親米政府以外をあらゆる汚い手で潰しにかかるという恐るべき内政干渉をした。デタントを冷戦を長びかせるだけと否定し、ソ連を「悪の帝国」と呼び捨て、力による平和を唱えた。国防費を大幅に増額し、スターウォーズ計画を大々的に推進した。この脳天気には世界中が呆れた。ところが数年たって、米国の軍拡に追いつこうと頑張ったソ連が財政的に破綻し、ついには共産党政府が潰れ、東欧が解放され冷戦が終結した。世界史に残る大快挙となった。

トランプ大統領はレーガンに輪をかけた無教養と蛮勇に加え、下品と傲慢を絵に描いたような人間だ。彼は今、関税を一方的に上げるという戦後自由貿易を否定する破天荒な手段で中国に貿易戦争を仕掛けている。関税ばかりか、中国による先端技術の盗み出しに目を光らせ、全米の多くの大学で中国批判を封じている孔子学院を閉鎖するなど、中国得意の情報戦までを制圧にかかっている。

彼が心変わりせず目論見通り中国経済を潰し、共産党独裁政府を倒し、民主化を実現させたら、世界史に輝く人物となる。真に偉大な変革は知識人ではなくカウボーイにしかできないのかも知れない。トランプ氏は米国史上、最も偉大な大統領となるか、最も愚劣な大統領となるかのどちらかになりそうだ。

（二〇一八年一〇月一一日号）

真理への遠き道

先日ノーベル医学・生理学賞を受賞した本庶佑氏が、「『ネイチャー』や『サイエンス』に出ているものの九割は嘘で、十年経ったら残って一割」と語った。ネイチャーやサイエンスのような一流誌に載った論文であっても書いてあることを鵜呑みにせず、納得できるまで自分で確かめてみるのが大切ということだ。その流儀で画期的業績を挙げられたのだろう。嘘というのは無論、一般に言う嘘ではない。科学論文には、四年前に世間を騒がせたSTAP細胞のような不正論文も時にはあるが、科学者が嘘と言う時、普通は「根拠が薄弱」の意味であろう。

確かに科学史は嘘に満ちている。大天才アリストテレスが紀元前四世紀に唱えた天動説は、薄弱な根拠にも拘らずコペルニクス、ガリレオ・ガリレイ、ケプラーを経て、十七世紀末にニュートンが地動説を確定するまで二千年間も君臨していた。

かのアインシュタインですら、ボーアが量子力学を提唱した時、「本物でない」と否定した。これら天才でも誤りを犯すのだから、普通の科学者はしばしば誤りを犯す。

卑近な例がいくらでもある。「卵はコレステロールを上げ心筋梗塞(しんきんこうそく)につながる」は医学界の定説だったが、今では「食べるコレステロールは血中コレステロールに余り影響を及ぼさないから、一日二個くらいなら卵は食べた方がよい」だ。「肉は大腸ガンにつながる」が、今では「長生きしたければ毎日肉を食べなさい」である。これらだっていつ引っくり返るか分からない。

科学論文に嘘が多いと言っても、理論科学には少ない。専門誌に投稿された論文は編集者により査読者に送られるが、理論なら査読者が一つ一つ筋を追えば、論理に誤りがないかどうかは検証できるからである。

問題は実験科学だ。査読者がいくら頭をひねっても、実験結果が本当かどうかまでは検証できない。自ら再現実験をする暇はないし、実験結果から結論を導く統計的手法にも詳しくない場合が多い。実験科学における査読者とは、論文の主張が正しいか否(いな)かを判定しているのではなく、他者が再現実験をするための必要にして十分な記述があるかを判定しているにすぎない、と言う専門家もいる。実際、生物科学、生命科学などの分野では、掲載された論文の半分以上がそのままでは再現不可能という。本庶氏の「九割は嘘」が出てくる所以である。

嘘の多い科学論文だが、不思議なことに数学では嘘は一切ない。予想が間違っていたということはよくあるが、きちんとした本や専門誌に載った論文が、後になって間違いだったとされた例を、古代ギリシア以来私は一つも知らない。数学の場合は、実験がないから落とし穴にはまることはない。証明を一行一行追うのは査読者にとっても時間とエネルギーのいることだが、論理にいかなるギャップもなければ結論は自ずから正しいのだ。それに他人の誤ちはすぐに分かる。

一方、自分の間違いは何故か極端に分かりにくいから、論文を書く時は要注意だ。高木貞治先生は、類体論を完成した後、「こんな大理論を自分が完成できるはずがない」と、証明完成後一カ月間も間違い探しに明け暮れた。神経衰弱になりかかったという。

私も二十代の頃、有名な未解決問題を解決してしまった。画期的アイデアが湧いたわけでもないのにおかしい、と間違い探しに入った。二週間ほど探しても見つからないので東大のセミナーで発表した。「どこかが間違っているはずです」と冒頭に宣言したが、一時間半の黒板での説明とあって間違いを指摘した人は誰もいなかった。できている筈がないとその後も探し続けた。一週間後に他人に語れぬほどの恥ずかしい間違いを発見した。自らの愚かさを立証するためだけのつらい三週間だった。

天才は間違えず凡才は間違えるということだ。自らの論文を絶対に間違いと確信した私は偉かった、と今では誇りに思っている。

（二〇一八年一〇月一八日号）

悪意の一押し

今年の夏は、例年通り、七月下旬から山荘で暮らした。東京が三十八度になっても海抜千三百メートルの山荘は二十七度ほどにしかならない。とは言え日中は冷房がないのでさほど涼しくない。あちらこちらの山荘が今夏の暑さに慌てたらしく、十数キロ先にある町の家電量販店では扇風機は売り切れていた。

この中で一二月出版予定の新書の執筆に精を出した。左に腰痛が出てきたが、座布団を椅子と腰の間に当ててごまかしていた。執筆だけでは健康に悪いと、毎日、一時間半ほど坂道を歩いた。平地に直せば十キロ近く歩いていたことになる。さらに毎日、腕立て伏せを二十回、就寝前には腹筋七十回とスクワット十回をこなしていた。これで鋼の肉体は完璧のはずだった。

八月二一日の夜、テレビでアジア大会の女子水泳で、十八歳の池江璃花子選手が金銀のメダルを次々にとるのを女房と見ていた。若く美しい肢体の躍動に刺激された私は、床で筋トレとストレッチを猛然と始めた。そのうちの一つは仰向けに寝たまま、左膝(ひざ)を軽く折って右脚の右の床に倒す、次は右膝を軽く折って左脚の左の床に倒す、というストレッチである。腰の柔軟性を高めるもので、上半身を天井に向け保つのがポイントだ。身体(からだ)の硬い私にとって苦手なものだ。医者は「ストレッチをしないと循環器病になりやすい」とか、「身体の硬い人は転びやすく骨折しやすい。年をとって骨折すると男は寝たきりになる」などと脅す。一念発起して女房と市のヨガ講座に通ったが、皆のできるポーズを私一人ができない。劣等感にまみれただけで一回で止(や)めた。しかしこの夜は璃花子ちゃんが頑張っているのだから俺も頑張る、と苦痛に耐えた。反動をつけて上半身を天井に向かせたりした。女房が、「ダメダメ、膝が浮いている」と言って膝をぐいと床に一押しした。

この日の夜、トイレに立とうとした瞬間、腰と両脚に激痛が走った。便器に坐(すわ)るだけで声を上げそうだった。寝返りするたびに痛みで脂汗(あぶらあせ)が流れ一睡もできなかった。翌朝からは歩いても坐っても横たわっても痛いという状況だった。整体に五回通ったがよくならない。

仕方なく暑い東京に戻り馴染(なじ)みの鍼灸院(しんきゅういん)を訪れた。ここの五十代の女性鍼灸師は私の脚や腰をマッサージしながらいつも「いい身体ですねえ」と言ってくれる。だから腰痛のたびに行く。彼女に「多少痛くても普通の生活をしていた方が治りは早いですよ」と言われた。これが金言だった。今週は一キロ、次週は二キロと歩行距離を増やして行くうちに腰の痛みも軽減した。腰痛体操も並行して行ったから今では毎日六キロ歩いても何でもない。ほぼ全治だ。

頑健な身体に恵まれた私のここ十数年の弱点は腰である。毎日七キロ歩き週二回のジムにてウエイトトレーニングやランニングで鍛えても、半年も執筆に集中すると途端に腰にくる。五年ほど前に、父との共作『孤愁―サウダーデ』を完成させた時にも、すごい腰痛に見舞われた。腰痛は物書きの職業病と思うが、父や母が腰痛を訴えたことは一度もない。父はあぐら、母は正座で座卓に向かっていたからだろう。あぐらが腰に最も負担がかからない坐り方で、膝が悪くなければ正座もよいという。椅子がよくないのだ。腰椎(ようつい)への圧力は寝た時を一とすると、立った時が二、椅子に坐った時が三と言われる。世界中の八割の人間が少くとも一度は腰痛に悩まされるという。老いも若きも悩まされる。

常に前進を怠らない私は最近、天敵の腰痛退治のためボタン一つで上下に昇降する机を書斎に入れた。坐って書き、立って読むことにしている。腰痛の原因である坐りっ放しがなくなる。立ったり坐ったりするので血行もよくなる。万が一腰が怪しくなった時に備え、女房の悪意の一押しにも警戒おさおさ怠りない。これで万全だ。

次のオリンピックまでは璃花子ちゃんに興奮し理性を失うこともないだろうから、二年間は万全だ。

（二〇一八年一〇月二五日号）

物書きの嘘

アメリカから三年ぶりに帰国して間もない頃だった。父が「向こうでの生活を忘れないうちにまとめておいたらどうだ」と言った。小説家の父が「まとめておいたらどうだ」と言ったら、それは記録として残しておけ、という意味ではない。本として出版したらどうだということである。

私はとっさに身構えた。父は私がアメリカから送った数十通の便りを読み、「どの便りも例外なく面白かった」と言ったことがあった。ただ、多少面白い手紙が書けるからと言って、一介の数学者に本を書く力があるはずがない。私に書くだけ書かせ、どの出版社もその駄文に興味を示さないことが判明した段階で、父がそれを土台にノンフィクション小説を仕上げようとしているのだろう。「その手に乗るものか」と私は心の中でつぶやいた。

中学校二年生の頃、おしゃべりの私が学校での出来事を夕食時などに話すと、父に根掘り葉掘り尋ねられた。その頃父は、『高校進学 中学コース』という高校受験誌に「季節風」という青春小説を連載していた。私は読んでいなかったが、翌年、『風の中の瞳(ひとみ)』として出版された時に読んでびっくりした。学校は私の中学、主人公の言動のほぼ半分は私をモデルにしていたからだ。しかも、私が親などに語るはずもない淡い恋心までが書いてある。「謀(はか)られた」と憤慨した。だから、アメリカのことなど詳しく書き残したらどう料理されるか分かったものではない、と思い身構えたのである。

父には「おとし穴」という作品もある(『強力伝・孤島』所収、新潮文庫)。主人公の万作は暗い夜道を酔って帰る途中、山犬捕獲のための穴に落ちた。山犬がすでに落ちていて、その青白い眼光と一晩中対峙(たいじ)しなければならなかった。朝になり村人が助けに来た。ホッとした万作が山犬から眼を外(そ)らした瞬間、襲われ命を落とした。短篇の名作だが、祖母は「わしが寛人(父の本名)のちっくい頃に話してやったはほんなもげえ(酷(ひど)い)話じゃねえ。無事に助けられた万作が、山犬を殺そうとした衆に『一晩一緒にいて情が移ったで逃がしてやってくりょう』と頼んで助けてやったっちゅう話だ、本当の話だ」としきりに繰り返した。

事実を曲げて周囲を憤慨させるのは父だけではない。母だって随筆の中で、私が中学生の頃、教室で砲丸を投げて学校の床に穴を開けたと書いた。私はそれほどの無法者ではない。持っていた砲丸をうっかり落としてしまっただけだった。

女房に言わせると私も嘘つきに入るようだ。新婚の頃、白骨温泉に寄った。折からの雨で外に出られず、旅館で時間を持て余していたところ、オセロというゲームを女房が見つけた。前にやったことのある女房がルールを教えてくれたのだが、最初の試合に負けた他は、何度やってもこちらが勝ってしまう。負けず嫌いの女房は負けるたびに子供のように悔しがる。おかしくてつい笑ったのが失敗だった。「何がおかしいのよー」「くやしいー」を交互に叫びながら襲いかかる。どうしようもなく、頭を抱えこんで恭順を表しながら「ごめんごめん、愛してるよ」とあえぎあえぎ言うと「バカにしている！」と背中に馬乗りになり両耳をぐいぐい引っ張った。女房は「馬乗りになんかならなかったじゃない、大嘘つき」と言う。私はうつ伏せになって商売道具の頭を両腕で抱えていたから見てはいないのだが、そう感じたのだ。

女房だって嘘をつく。家族で八ヶ岳に登ろうと林道を歩いていた時、熊と出くわした。体高七十センチ、体重百キロくらいの熊だった。その時のことを女房が随筆で、「いつも武士道を説く夫は狼狽し、家族を見捨てて全力で逃げ出した」と聞き捨てならぬことを書いた。冗談じゃない、私は断じて全力で逃げていない。激しく後ずさりしただけだった。ノロマの女房の逃げ出す速度より私の猛然たる後ずさりの方が速かっただけだ。

（二〇一八年一一月一日号）

日本がなくなる

ほぼ毎年、ヨーロッパを訪れているが、治安の悪化が著しい。一昨年はイタリアのペルージャのレストランでカードの暗証番号を盗まれ、翌日にアメリカのフロリダで五万円ほど引出された。今年は女房と次男の三人でフィレンツェの町を歩いていると、次男のバッグから財布とスマホが盗まれた。この時は盗人を捕え警察に突き出した。

十年ぶりのドイツのミュンヘンも様変りしていた。街路樹の下で三十代であろうか、ジーンズの男女が意識不明で横たわっている。私の横で見ていた男が「麻薬だな」とつぶやいた。いつまでも見ていたら、身なりの崩れた中年女が聞いたことのない言葉で私に何か毒づいた。ドイツでは移民によるドイツ女性の集団レイプや、ドイツ人による難民キャンプへの放火などもしばしばだ。帰りのミュンヘン空港で当地に長く住む日本人に街の変貌（へんぼう）について話したら、「ここ数年で一変しました。人々は余裕を失ない、ギスギスして笑顔をなくしてしまいました」と目を落とした。ヨーロッパはヒト、カネ、モノが自由に国境を越えるEUになったこと、流行（はや）りの「人道主義」により移民難民の流入に歯止めをかけにくかったこと、などが原因でどこも荒れに荒れている。治安の悪化ばかりでない。低賃金労働者は職を奪われ、賃金のさらなる低下に苦しむことになった。税金をほとんど納めない外国人労働者のための失業対策、住宅対策、言語教育などの費用が嵩（かさ）む。国や地方自治体は悲鳴を上げている。やがて年金や参政権も問題となろう。その国ならではの文化や伝統も傷（いた）んで行くだろう。全ヨーロッパには悲鳴と絶望が渦巻いている。

安倍政権は骨太の方針とかで、現在は「高度な人材」に限られる就労目的の在留資格を、単純労働者にまで広げようとしている。我が国には二〇一五年だけで三十九万人の移民が入っている。すでに独米英に次いで世界第四位の隠れ移民大国だ。政府が移民を大幅に増やそうとするのは、安い労働力を求める経済界の意向に沿ったものである。

我が国の人口はこれから急減する。二十歳から六十四歳の働く世代の人口は、今後二十五年間で千五百万人減る。この人手不足を移民で埋める訳にはいかない。産業や社会のサイズを縮小せざるを得ないのだ。

縮小による衝撃を緩和する方策が三つある。一つはここ数十年間にわたり先進七カ国中最低の、一人一時間当たりの労働生産性を上げることだ。産業形態の似たドイツに比べ半分という国辱的低さなのである。今後五十年間、人口が減り続けても、我が国の人口は現在のドイツと同じ八千数百万となるだけだ。生産性を上げれば十分にやって行ける。二つ目は、定年を延ばすこと、そして女性が仕事と育児を両立できるよう、女性が一定数以上いる職場に託児施設の設置を義務づけることだ。三つ目が最も根本的なもので、若者が結婚や出産に踏みきれるよう環境を整えることである。五百万に上る四十歳以下の非正規社員の平均年収は二百万円余りだ。これでは結婚や出産に躊躇(ちゅうちょ)するはずだ。

政府のすべきことは経済界に対し、非正規社員を正規雇用とし、十年以上上がっていない賃金を上げ、残業時間を減らし、生産性を上げるよう強く促すことである。少子化の元凶は、目先の利潤ばかりを追い求め、内部留保を増やしている経済界と、それを看過してきた歴代政府なのだ。

経済政策は失敗しても、国民の生活が苦しくなるだけで大したことはない。たかが経済だ。いつかは元に戻る。しかし移民受け入れは不可逆だ。百万人の移民は、夫婦が三人の子を産むとすると、混血をも含め百年後には一千万を超し二百年後には一億を超す。

明治二三年、英国の著述家アーノルドは、講演の中で日本の芸術、自然美、礼節、道徳などに触れ、「日本は地上で天国あるいは極楽に最も近づいている国」と語った。安倍首相は今、その日本をこの世から抹殺するための一歩を踏み出そうとしている。見事な外交を展開してきた安倍首相だ。正気を取り戻すことを期待したい。

（二〇一八年一一月八日号）

本書き、本読めず

「読書の秋」、よい言葉だ。生き延びるのに精一杯だった夏の酷暑をくぐりぬけ、いよいよ力みなぎる秋が来た、さあ、これまでのうっぷんをスポーツと読書で晴らそう、というワクワクする言葉だ。少なくとも私にはそういう意味だった。

最近はそう感じる人が少なくなったのか、電車に乗っても本を読んでいる人は数えるほどしかいない。見渡す限りスマホということもある。統計によると、一カ月に一冊も本を読まないというとんでもない高校生や大学生が、ともに五十%を超えたという。とんでもない小学生と中学生はそれぞれ五・六%、十五・〇%だから、高校生の頃から本を読まなくなる。スマホでのゲームや情報収集に費す時間が大きいようだ。

これでは遅かれ早かれ我が国は、取るに足りない切れ切れの情報ばかりで系統立った知識もなく、ましてや教養のかけらもない人間で溢れることになる。国力とは国民の一人一人の人間力の総和であり、人間力の半分は知力と言ってよい。傍若無人の中国や北朝鮮が隣りにいるということから国防が叫ばれているが、この読書離れでは国が外敵に侵される前に、内部から腐食してしまう。

そう嘆く私も実は、物を書くようになってからほとんど本当の読書をしていない。本は乱読しているが、それらは仕事に必要な本ばかりで、本当に読みたい本ではないのだ。

例えば『遥かなるケンブリッジ』を書いた時は、イギリス関係の書物を百冊は完読あるいは斜め読みした。十八、十九世紀のイギリスの中上流階級を知るために、ジェーン・オースティンの小説を何冊か読む。産業革命により生まれた弱者の実態を知るために、ジャック・ロンドンの『どん底の人びと』やジョージ・オーウェルの『パリ・ロンドン放浪記』を読む。イギリスのユーモアを知るために、P・G・ウッドハウス、デイビッド・ロッジ、イーブリン・ウォー、トム・シャープなどの著作を英語で読む。ユーモアだけは国境を越えにくいから英語で読むに限るのだ。『若き数学者のアメリカ』の時も同程度には読んだし、『日本人の誇り』や『名著講義』ではそれぞれ百数十冊の書物に目を通した。近刊予定の『国家と教養』では、何年も文献を渉猟していたから女房に「学者の癖がぬけないわね。書き始める前に命が終っちゃうわよ」と言われた。

読んでよかった本が多かったが、どれも読みたかったものではなく必要に迫られ読んだ本だった。一昨年だったか、女房が吉川英治の『私本太平記』八巻を次々に読破するのを見て、羨ましくてたまらなかった。自分が取り残されていくような気分にさえなった。

父は常日頃から「本代だけはケチるな」と言っていた。だから私は中学時代から本屋や古本屋で面白そうな本に出会うと迷わず買い求めてきた。数学をしている時も、「いつかヒマになったら」と買っていた。それらは今、自宅を建てた大工が、「こんなに沢山の本棚を作ったのは初めて」と言ったほど大きな本棚に納まっている。

ところが『私本太平記』を含む『吉川英治全集』五十八巻は、三十年余り前に買い揃えたまま、未だ『鳴門秘帖』や『天兵童子・ひよどり草紙』など数冊しか読んでいない。『日本の名著』五十巻、『日本の近代』十六巻、『日本古典文学全集』五十一巻……と叢書(そうしょ)がいくつも本棚に勢揃いしているが、どれも一、二冊しか読んでいないのだ。『講談全集』三十巻だけは中学時代に十冊以上読んだ。

ページを開いたことのないこれら叢書が毎日書架から私に、「今日も読まないのだね」と囁(ささや)いている。『チボー家の人々』五巻、『戦争と平和』二巻、『カラマゾフの兄弟』二巻などは、半世紀以上もの間、私と目が合うたびに「この怠け者、この愚か者」と私をなじり続けている。いつかこれらを全て読了し宿題を果たせば清々(すがすが)しい気持になれるのに、と思うが締切りがそれを許さない。本を書く人とは本を読めない人のことらしい。

（二〇一八年一一月一五日号）

才能の追放

紅葉にはまだ早い京都を散歩していたら、京都国立近代美術館で、「没後50年藤田嗣治展」を開いていた。東京で見過ごしたものだ。早速入ってみた。いつも混んでいて人の肩越し頭越しに絵を見る東京の美術館と違って、京都では大ていの場合、絵を正面から見ることができる。穴場と言ってよい。この日も一つ一つの絵をゆっくり見るばかりか、説明文さえすべて読むことができた。

二十代でパリに行き、日本画の技法を油絵に取り入れた作品により数年後には一躍パリの寵児となった藤田は、モディリアーニやピカソとも親交をもちエコール・ド・パリの画家として世界的名声を博した。

得意の猫、乳白色の肌の裸婦などに加え、戦時中に日本で描かれた戦争画も二作出展されていた。実物は初めて見る「アッツ島玉砕」と「サイパン島同胞臣節を全うす」である。前者はアッツ島における死屍累々の凄惨な場面、後者はバンザイクリフから飛びこむ直前の婦女子達を精細に描いたともに二メートル×三メートルほどの迫力ある大作だ。戦意昂揚というより、戦争の悲惨を訴え鎮魂を祈るような傑作である。

藤田の父親が森鷗外を継いだ陸軍軍医総監だった関係で、軍に知人が多くいたから戦争画を依頼されたらしい。これが仇となった。戦況が傾いた昭和一九年、早くも戦争画を描いた画家達を追放しようという動きが画壇に出て、東京美術学校（現東京芸大）からそうした教授三人が追い出された。

終戦後は、GHQにすり寄ることで、自らの保身、出世、就職を狙う人々が多く、戦時中に軍に協力した有力者を追い出すという動きが、美術界のみならず政界、財界、学界などで広まっていった。お天気博士として親しまれていた中央気象台長の藤原咲平（私の大伯父）も公職追放された。真珠湾攻撃が行われた日のハワイの天気について助言した他、米本土攻撃を目的とした風船爆弾の研究に携わったからであった。

咲平は追放後も気象台で月に一度開かれる研究会に出席していた。昼飯は決まって気象台官舎の我が家で食べていた。その頃の夕食時、父が母に話していた。「伯父さんが気象台での研究会に来ると、気象台がＧＨＱに睨まれるかも知れない、と言いふらす奴がいるんだよ。ついこの間まで鬼畜米英だの一億火の玉などと言ってた奴等が、今度はＧＨＱに媚びているんだからな」。そんな人間で溢れていたのだ。

世界的名声と力量をもつ藤田は日本の宝とも言うべき存在だったが、戦後の世相の中で、日本洋画壇でも藤田を戦争協力者として排除する動きが強まった。居場所をなくした藤田は昭和二四年、「絵描きは絵だけを描いていて下さい。仲間喧嘩しないで下さい。日本画壇は早く国際水準に到達して下さい」と言い残して羽田を発った。二度と故国に戻ることはなかった。

パリに戻った藤田は、手記の中で「国のために戦う一兵卒と同じ心境で描いたのになぜ非難されなければならないのか」と書いている。正しい。大戦中、数学者は、日本をはじめどこの国でも暗号解読などに携わった。戦時下において、国民一人一人が各人の持場で祖国のために全力をつくす、というのは当然中の当然だからだ。家に賊が侵入した時、家族を守るために戦うのは誰にとっても当然なのだ。また藤田は二度と帰国しなかった理由について、「私が日本を捨てたのではない。日本が私を捨てたのだ」と語った。異国の地で、望郷に身を焦がしつつ晩年を送ったのだろう。痛ましい。

自身公職追放にあった日本浪曼派の保田與重郎は、『日本の美術史』の中でこう書いた。「藤田嗣治画伯をフランスへ追いやったことは、わが画壇の一部にその責任があると風聞されているが、同時代人として、これほどみじめで恥しい話はない。芸術家の陥りやすい弊風、そのゆえに最も警しむべき悪徳は、羨望嫉妬である」。

（二〇一八年一一月二二日号）

最後の同窓会

私は小学校二年生まで神田の小川小学校に通った。たったの二年間だったが、戦後のドサクサを「リンゴの唄」や「鐘の鳴る丘」を聞きながら共に生きた、というだけでなぜか懐かしい。級友も私を覚えていてくれて、同窓会のたびに知らせてくれていた。

たった二年しか通っていないからと気後れしていたが、今回の同窓会には思い切って出席した。「最後の同窓会」と銘打っていたからだ。転校した後、小川小学校を初めて訪れたのは中学三年の時だった。高なる鼓動を抑えつつ正面玄関を入ると、小使い室にやさしかった白髪丸刈りの藤村さんがいたのでホッとした。コンクリートの校庭に出ると、左隅には砂場が昔のままそこにあった。

一年生の一学期、私は苛めの標的になっていた。我が家には幼稚園に行く余裕がなかったから、私は幼稚園からのボス、T君の恐さを知らず命令にも従わなかった。T君にドヤされ小突かれるのがイヤで、昼休みには先生の机の下に隠れている日々が続いた。二学期になってチャンスが訪れた。この砂場でT君と相撲をとり投げ飛ばしたのだ。悔しがって「もう一丁」とかかってきた彼を再び思い切りぶん投げた。その時を境に私がボスとなった。記念の砂場なのだ。

私は早速、クラスの男子全員を校門に集め、門柱の上から一人一人に「軍人将棋」の位を与えた。私がマッカーサー元帥と同じく全権力を持つ総司令官、私に忠実で口のたつS君が大将、球技のうまいE君が中将、頭の良いH君がスパイといった塩梅だ。元ボスのT君は人間以下の地雷にした。クラス内のもめ事は私が直ちに力で解決したから苛めはなくなり、他クラスとの喧嘩は私が常に先頭に立ち仲間を守った。

次にここを訪れたのは五十歳の頃である。神保町の古本屋に行った帰りだった。何と小学校は跡形もなく消え公園となっていた。呆然として近所の人に尋ねると、三百メートルほど先の錦華小学校に吸収されたという。夏目漱石や福田恆存や永井龍男などの通った錦華だから、加賀まりこや私の通った小川小学校は到底敵わなかったのだ。

司会のI君から、久しぶりということで五分程のスピーチを頼まれた。私は思い出を語った。

「二年生の夏に転校してしまったお下げ髪のくらしなれいこちゃんをその後も何度も思い出しました。話したことさえなかったのに、くらしなさんが引越しする日の午後、私は彼女の家のそばまで行って、引越のトラックに乗って彼女が去って行くのを物蔭（ものかげ）からじっと見ていました。恐らく生まれて初めての慕情、そして別れの淋（さび）しさでした。トラックが消える時は気の遠くなるような気持でした」。二人の女性が「そう言えばそんな人いたわねえ」とうなずいていた。

「前の席にいたまん丸顔のけいこちゃんにも好意を抱いていましたが、けいこちゃんは隣りのK君と仲がよく、休み時間などにはいつも押したり引いたりしてふざけ合っていました。押すのはよくても、引くのは許せませんでした。K君に後ろから殴りかかりたくなりました。餓鬼大将の私でしたが、七歳にして分別の人だったらしく、K君に『けいこちゃんといちゃつくな』とも、けいこちゃんに『俺を好きになれ』とも命ずることができませんでした。また、さちこちゃんのお母さんが極端に美しく上品だったので秘(ひそ)かに憧(あこが)れていました。さちこちゃんと弟さんは、お母さんにそっくりで品がよく頬に愛らしいえくぼがありました」。誰かが「すごい記憶力だなあ、僕なんか何も覚えてないよ」と言った。

くらしなさんとけいこちゃんは欠席、さちこちゃんは出席、K君は闘病中で欠席だった。

話がはずんで十一時に始まった会は十二時半を回って乾杯となった。帰り際(ぎわ)にさちこちゃんが私の所に来た。母親も弟も亡くなったと言って目を伏せた。そして、七、八歳の頃と同じ、輝くような瞳で私を見上げると私の手を両手で強く握ってくれた。

（二〇一八年一一月二九日号）

管見妄語の十年間

週刊新潮のグラビアに「管見妄語」を連載して十年になる。山本夏彦翁が二十三年間にわたり連載した「夏彦の写真コラム」のあった場所だ。翁が二〇〇二年に亡くなった後、週刊新潮の女性編集者から私に「正彦の写真コラム」として後を継いでくれないか、と打診があった。

大学教授の任務は教育と研究で、文化的活動は容認されているものの週刊誌の連載まではと躊躇した。それに何より、翁による看板連載の後継というのは荷が重過ぎる。「何用あって月世界へ」という歴史的名言など数々の箴言を残した翁だ。「女に参政権はいらないと言えば、さぞかしお怒りだろうが待ってくれ、男にもいらない。制限選挙でたくさんだ」「文はうそなり、と私は思っている。文は人なりと言うが、それは同時にうそなのである」「三人寄れば文殊の知恵は嘘だ。バカが三人寄れば、三倍バカになる」……。臆病弱気小心の私にはそこまで言い切る度胸も能力もない。怖気づいて辞退した。

二〇〇九年の定年退職の直前、同じ女性編集者が私を再訪した。「これからは時間的余裕ができるでしょうし、翁が亡くなって七年にもなり読者も翁を大方忘れていると思います」と言って再度頼まれた。確かに定年になれば、研究の重圧はなく授業も委員会も通勤もなくなる。無限の時間を持て余しそうだ。山本夏彦翁のような、寸鉄人を刺す言葉は無理だが、数学や数学者の話、海外での血湧き肉躍るエピソード、おかしい話、くだらない話、いやらしい話なら翁に負けないかも知れない、と私は連載を引き受けた。

毎週締切りがあるというのは大変なことだった。どんなに忙しくとも、避寒地の沖縄でゴルフをしていても、トスカーナの緑なす起伏を風に吹かれながら女房とドライブしていても、美女との官能欲情劣情の密会中にも、催促の電話やメールやファックスが入る。地球の涯までも追いかけてくる。何が何でも締切りまでに書かないと雑誌に穴が空いてしまう。

たったの三枚半だからと手を抜けない。父の言葉が蘇る。「五百枚も二、三枚も同じだ。つまらぬものを一つでも書いたら作家生命はそれまでだ。それを読んだファンが逃げて行ってしまう」「獅子は兎を捕えるときにも全力を尽くす」。若い頃は、父のそんな言葉を耳にするたびに「オヤジ、気が小さいなあ」と内心思っていたのだが、いつの間にか私も父のようになっていた。

週刊誌連載は締切りストレスが大きいだけでない。大きなテーマを三枚半にかいつまんで書くことがある。大きなテーマは小出しにせず長篇として世に問いたい、というのが本音である。また他の執筆にも影響する。近刊の『国家と教養』では、三百枚の原稿を書き上げるのに何と数年かかった。大量の文献を読破したこともあったが、私はどうも二つのことを同時に進行させるのが苦手らしいのだ。ガムを嚙みながら歩くのが精一杯なのである。

父は還暦を迎えた時、これからは長篇だけに絞ると宣言した。遅ればせながら私もこの辺で「管見妄語」に終止符を打ちたいと思う。「管見妄語」を始めてよかったこともある。メディアに出てこない新しい視点をこの場で発表することが出来てありがたかった。世の動きに対するたまらない想いの発散ともなった。政官財の人にもよく読まれていたから、何らかの役に立ったかもしれない。

そして何より新潮社は力のある魅力的な女性ばかりを担当に付けてくれた。この十年間、完全無欠の傑作ばかりを元気で書き続けることが出来たのは彼女らの励ましや助言による。

今後だが、十年のストレスから解放され、エーゲ海クルーズ、カリブ海クルーズと、縦横無尽天衣無縫の激走爆走暴走をする積りだ。週刊新潮のグラビアを私の路チュー写真や熱愛発覚や真剣交際でにぎわさぬよう細心の注意を払いつつ、これからは女房に「これ、わざと下手に書いたの」と言われないような、堂々たる長篇を次々に書こうと思っている。

（二〇一八年一二月六日）

解説

伊与原新

私が大学生のときに出会ったある教授は、極めて難解な授業をする人だった。こちらのレベルも考えろと当時は憤慨したものだが、のちに聞いた話によると、「学部生に理解できる程度の講義は絶対にしない」というのが彼のポリシーだったらしい。

別の教授は、初回の授業で講義室に入ってくるなり、黒板に〈今期はすべて自習〉と大書して無言のまま出て行った。また、講義中は雑談に終始し、ほとんど使わなかった教科書を最後の授業で掲げて「こういう題名の教科書があったということだけ覚えておきなさい」と笑っていた教授もいる。

大学で教わった内容は忘れてしまっても、彼らのような、ある意味〝大学教授らしい〟教授たちのことはいつまでも心に残っている。今となれば、彼らこそが「学問」というものの本質の一端を示してくれていたのだとさえ思う。

私もその後、大学教員の端くれとして数年間教壇（きょうだん）に立ったが、そうしたやり方はもう許されない時代になっていた。今の教員は、授業内容を細かく定めたシラバスを予め公開し、そのとおりに進めなければならない。雑談をしている余裕はなく、休講すれば必ず別の日に補講。学期の最後には教員も学生からアンケートなどで評価を受ける。

大学の大学らしさはどこへ……と頭を抱えたくなるような状況ではあるが、学生の意識も昔とは大きく違うのだ。こちらは授業料を払っているのだから、そちらもプロとしてしっかり教えて欲しい。彼らの多くがそう望んでいる以上、教員側も変わらざるを得ない。

私など、暑い時期に素足にサンダル履きで授業をしていると、ある学生からアンケートで「サンダルで授業に来るのはどうかと思う」と叱られてしまった。「大学＝レジャーランド」と揶揄された我々の時代と違って、最近の学生は真面目なのである。

さて、長々とこんな前置きを書き連ねてきたのは、本書『失われた美風』を改めて読み返しながら、藤原正彦先生の数学の講義を一度受けてみたかったとつくづく思ったからだ。

数論の解説が、いつしか天才数学者ラマヌジャンの話になり、そこからケンブリッジ時代の思い出へと飛ぶ。不定方程式を展開していたはずが、話はコロラドと信州の自然の比較に変わり、気づけば和洋の古典文学論へと至っている。最後に学生たちの笑いを誘ったところで、また数式の板書に戻る。私の目に浮かぶのは、そんな授業風景だ。

この想像がある程度当たっているとして、藤原先生の雑談は、よくある授業の脱線などではない。学生たちの集中の度合いをよく観察した上で、あえて授業に緩急をつけているのだろう。細かな配慮とサービス精神にあふれた名講義だったに違いない。

私がそう確信するのは、藤原先生の書かれるものが常にそうであるからだ。本書でも、収められた五十八編に及ぶエッセイのすべてに、そのエッセンスが染み込んでいる。堅い話が数行続いたかと思うと、次の行で不意に笑わされる。味わい深い描写のあとで、なるほどと目を開かされる。緩急自在の流れるような文章から目が離せないでいるうちに、頭ばかりか心まで豊かになっていく。

ふざけ過ぎぬように、しんみりし過ぎぬように。高尚になり過ぎぬように、俗っぽくなり過ぎぬように。そのバランスと塩梅も絶妙だ。ただし、トピックを問わず漂っているユーモアとペーソスは、計算というより、藤原先生の内面から自然と滲み出てくるものではないか。

私が毎回唸っていたのは、エッセイの締め、あるいはオチとなる最後の一文である。

クスッとさせる、ピリッとさせる、ジーンとさせる。パターンは様々あれど、どの一編をとってみても肌が粟立つような余韻があるのだ。小説を書く私にも、学ぶところが大きい。

中でも私がとくに好きなのが、「『山深く貧しき村に吾が住む』」という一編だ。御母堂の故郷である信州の村の話で、近所のお百姓さんが実はアララギ派の歌人であったという滋味あふれるエッセイである。それを締めくくる一文は、「森の中の山荘は、私が新しい山荘を別荘地に建てたため、廃屋となっている」。主観を排したこの簡素な一行が、時の流れと山村の風景、さらには書き手の心情までをも鮮やかに想起させるのだから、見事という他ない。

藤原先生は本書の「はじめに」の中で、「文体がスムーズで起承転結がしっかりしているのは、日数をかけて推敲に推敲を重ねるからに過ぎない」と述べている。ご謙遜が半分の藤原節だが、あるいはそうかもしれないと思うところもある。先生が入念な準備をされる方だということを、私は知っているからだ。

御尊父の名を冠した「新田次郎文学賞」を私が受賞したとき、藤原先生に対談をお引き受けいただいた。会場の座敷で向かい合い、先生が鞄から取り出した私の単行本を見て、まず驚いた。色とりどりの付箋でいっぱいだったのである。さらに先生は、その短編集のページをめくりながら、一編一編に丁寧な講評をくださった。私は感激すると同時に、先生が気遣いの人だということを改めて認識した。

対談と銘打ってもらってはいたが、当然の成り行きとして、藤原先生のお話を私が学生のように拝聴するという格好になった。それでも私にとっては至福の時間である。どんな話題もすくい上げ、そこを起点にスパークのようにはじける先生の「知」を目の当たりにしながら、「この人の知識の網はどこまで広がっているのだろう」と頭の片隅で考えていた。

ある対象についての知識は、一本の糸だ。適切なテキストさえあれば、独力でもこつこつ紡いでいくことができる。数学などの分野においてはむしろ、孤独に机にかじりついて学びを積み上げていく以外、糸をのばしていく方法はない。本書にも、学生時代の藤原先生が夏の間じゅう信州の山荘にこもって勉強していたというくだりが何度か出てくる。

糸が枝分かれしつつ順調にのびてゆけば、それはやがて「系統立った知識」となる。しかし、肝心なのはそこからだと思われる。その縦糸に、まったく異なる分野の知識を横糸として編み込んでいくのだ。するとそこに、知識の網が出来上がる。教養というのは、もしかしたらその網のことをいうのかもしれない。

どんな糸をどう編むかで、その人間の知に個性が生じる。例えば藤原先生の巨大な網は、数学という太い縦糸と、文学、歴史、芸術（歌謡曲を含む）などの横糸で複雑に編み上げられているに違いない。

網の形も様々あっていい。小ぶりでも目のつまった網ならば、その領域の魚を漏れなくすくい取ることができる。目は粗くとも大きな網を作れば、広い範囲で魚を引っ掛けることができる。それぞれに得手不得手があり、どのタイプが望ましいということはおそらくない。

縦糸と横糸がどこで交差しているかは、意外と当人にもわかっていないのだろう。うんうん唸りながら小説の構想を練っていると突然、まったく無関係に思える二つの事物を結びつけるようなアイデアが降って湧（わ）くことがある。その出どころはたぶん、自分では意識していない知識の網の結び目なのだ。

問題は、糸の紡ぎ方の指南書は多々あっても、網の編み方まで教えてくれるものはほとんどないということだ。手当たり次第に雑多な読書をし、何とか網に仕立てていくのも一つの方法だろう。だが私なら、これはと思う人の網をよく見て、それを参考にしたい。学識が深いだけの人よりも、雑談が面白い人のほうがいい。

藤原先生の講義中の雑談を盗み聞きすることすら叶（かな）わなかった私のような人々のた

めに、本書はある。本書を紐解く(ひもとく)ということは、藤原先生の知識の網へ身を投じるということだ。巨大な網の全貌(ぜんぼう)を見渡すことはできないにせよ、その懐(ふところ)の深さを心地よく味わえるのは間違いない。

（令和三年十一月、作家）

この作品は、令和元年五月、新潮社より刊行された。

JASRAC 出 2110072-101

管見妄語(かんけんもうご)　失(うしな)われた美風(びふう)

新潮文庫　ふ－12－20

令和四年一月一日発行

著者　藤原(ふじわら)正彦(まさひこ)

発行者　佐藤隆信

発行所　株式会社新潮社

郵便番号　一六二―八七一一
東京都新宿区矢来町七一
電話　編集部(〇三)三二六六―五四四〇
　　　読者係(〇三)三二六六―五一一一
https://www.shinchosha.co.jp

価格はカバーに表示してあります。

乱丁・落丁本は、ご面倒ですが小社読者係宛ご送付ください。送料小社負担にてお取替えいたします。

印刷・大日本印刷株式会社　製本・加藤製本株式会社

ISBN978-4-10-124820-2 C0195